다음으로 가는 마음

다음으로 _____ 가는 _____ 마음

박지완 에세이

인생에 끝이 있다는 것,

그러나 그전까지는

끊임없이 무언가 시작된다는 것.

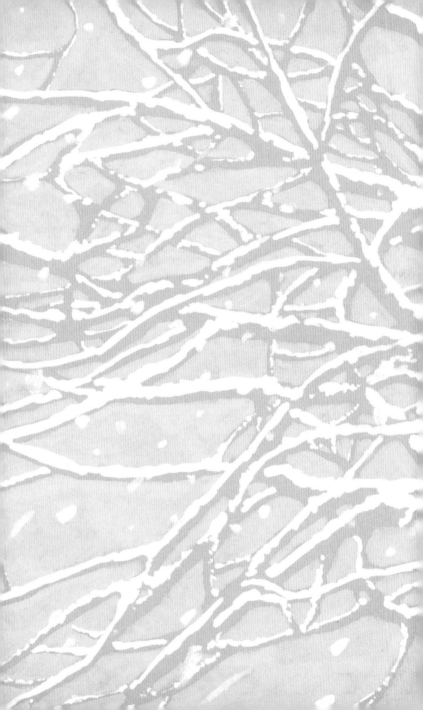

1부

불안을　　　달래는 법

되든 안 되든
계속 열심히 살아야지,
결국 뭐가 되려고 버틴 것은
아니니까.

불안을 달래는 법

나는 불안한 사람이다.

안타깝게도 내가 불안한 사람이라는 것을 서른이 넘어서야 알았다.

뒤늦게 알았다는 것은 어떤 계기가 있었다는 뜻이고, 여기 적는다는 것은 그것을 대하기가 조금 나아졌다는 얘기다. 미리 알았으면 좋았겠으나 어쩌겠나. 아무튼 그걸 인정하고 나니 아주 어릴 때부터 내겐 불안한 경향이 있었구나, 어떤 것들은 그걸 달래려고 했던 이상한 행동이었구나 하는 사실도 깨달았다.

아버지는 직업상 해외 출장을 자주 갔는데, 어릴 때 트렁크가 꺼내져 있으면 혹시 아빠가 탄 비행기가 잘못되지 않을까 무서워서 매번 색종이를 접어 트렁크 앞주머니 구석에 몰래 넣어두곤 했다. 그러고 나면 아주 조금 마음이 편해졌다. 고등학교 때는 횡단보도를 몇 걸음 만에 건너면 알 수 없는 불운을 막을 수 있을 거라는 이상한 생각에 사로잡혀 좋아하던 애가 건너편에 있는 줄도 모르고 우스꽝스럽게 뛰어 건넌 적이 있다. 놀라서 나를 바라보던 그 애의 얼굴이 떠오르고 내 얼굴을 뒤덮은 땀이 지금도 느껴진다. 미안해. 난 그냥 창피했는데 너는 무서웠을 것 같다.

불안이라는 것은 알 수 없는 나쁜 일들을 어떻게든 막아보고 싶은 마음을 자극해왔고 나는 나름의 행동으로 그 마음을 털어보려고 애썼다. 사실 지금도 크게 달라지진 않았다. 내가 통제할 수 없는 것들 사이에서 내가 통제할 수 있(다고 믿)는 것들로 발버둥 쳐보는 일을 꽤 오랫동안 해온 것이다. 좀 이상한 방식으로.

그렇다. 나는 통제하고 싶어 한다. 어떤 면에선 직업을 아주 찰떡같이 골랐다.

운이 좋게도 나는 첫 장편 상업영화의 해외 촬영을 코로나가 터지기 직전, 2019년 늦가을까지 잘 마쳤다. 편집을 하던 중에 코로나가 시작되었고 운이 나쁜지 아닌지 알 수 없게(비슷한 시기에 편집했지만 아직 개봉 못한 영화들도 있다) 아무도 영화관에 가지 않을 때 개봉하게 되었다. 그러나 다행히도 기자 시사는 할 수 있었는데, 인터뷰를 할 때마다 영화 학교를 졸업하고 어떻게 그 오랜 시간을 버텼나 하는 질문을 받았다.

"하하, 그러게요, 저도 이렇게 길어질 줄은 몰랐죠."

그렇다. 정말 몰랐다. 혹시 누가 미리 말해줬대도 믿지 않았을 것이다.

　계속해서 영화로 만들어지지 못하는 시나리오를 쓰고 있을 때, 내가 지금 이걸 그만둔다고 한들 이 시간 동안 길러지는 능력이라는 게 있을까, 있다면 그게 뭘까 고민해봤다. 딱 하나를 찾았는데 일종의 시뮬레이션 능력이라고 해야 할지, 어떤 장면이나 인물을 두고 일어나지 않은 앞뒤의 상황들을 떠올려보는 훈련을 지겹도록 홀로 반복해왔다. 여기엔 혼잣말을 한다든지, 하염없이 걷는다든지 하는 이상한 행동이 동반됐다. 그리고 그 훈련은, 나의 불안을 자극하기에도 좋았다.

　하루 정도 여행을 간다고 치자. 날짜를 미리 정하고 일기 예보를 확인하고 작년의 그곳 날씨를 검색한다. 날씨야말로 내가 통제할 수 없는 대표적인 것이다. 그리고 모든 가능성을 떠올려본다. 그리하여 나의 가방은 언제나 너무 무겁다. 비가 올 때의 나, 해가 좋을 때의 나, 조금 쌀쌀할 때의 내가 그곳에서 잘 지내기 위해서는 많은 것이 필요하다. 내 트렁크에는 여행지에서 건드려보지도 않고 가져오는 짐들을 위한 칸이 존재한다.

아마 그때 기자들은 궁금했을 것이다.

영화가 뭐 그리 대단하다고 십 년 넘게 무언가가 되기 위해 준비만 할 수 있나.

나 역시 여러 번, 아니 일주일에 여덟 번쯤 해보는 질문이었다. 다행히 그만둘 만한 결정적인 사건은 일어나지 않았다. 운이 좋았다. 물론 내가 피하기도 했지만, 어떤 일은 피한다고 피해지지 않는다는 것도 잘 알고 있다.

새벽에 깨어 남은 돈이 얼마인지, 이번 달은 잘 보낼 수 있는지 따져보는 밤도 있었지만, 내가 쓴 장면이 너무 마음에 들어서 무서울 게 없는 낮도 있었다. 모욕적인 일을 겪어도 내가 만드는 세계 안의 누군가도 이런 감정을 느꼈겠구나, 하면서 그 순간을 넘기기도 했고, 정말 좋은 영화를 만든 친구가 부러워서 침대에서 떼굴떼굴 구르기도 했다. 인생이 걱정되어 훌쩍이다가도 나의 사정 따위는 봐주지 않는 강아지가 산책 갈 시간이라 보채면 나는 또 불광천으로 나가 오래 걸었다. 바뀌는 계절과 제각기 목적지로 향하는 사람들을 바라보며 조금 전의 자기연민이 유치하고 사치스럽다고 생각했다.

그러는 사이 나는 내 인생이 내 영화보다 크다는 것을 조금씩 알게 되었다.

내가 어떤 사람인지, 어떤 이야기를 하고 싶은 사람인지 찾는 것이 더 중요해졌다.

되든 안 되든 계속 열심히 살아야지, 결국 뭐가 되려고 버틴 것은 아니니까.

나는 〈그것이 알고 싶다〉를 자주 본다. 진실을 알기 위해 노력하는 사람들을 발견하는 게 좋아서 본다. 제보자의 전화 목소리만 가지고 있던 형사가 3년 넘게 경찰서를 방문하는 사람들에게 그 목소리를 들려주다가 결국 그 제보자를 찾은 이야기라던가, 20년 전 자신이 놓친 범인을 찾기 위해 용의선상에 오른 15,000명의 DNA를 구하겠다고, 최소 5년은 걸릴 것 같으니 마음을 다잡겠다고 말하는 형사의 얼굴을 좋아한다.

내가 정말 좋은 영화를 만들 수도 있잖아, 그럴 수도 있잖아.

계속 쓰면 좋아질 수도 있잖아.

나는 주로 썼다. 불안을 다스리기 위해, 오늘 하루가 헛되이 흘러가지 않았다는 것을 확인하기 위해 썼다. 훌륭하고 완결된 글이었으면 좋았겠지만, 그냥 수첩을 하나 사서 생각나는 것들을 쓰고, 일기장이라고 하나 마련해서 오늘 뭘 먹었는지, 누구에게서 반가운 전화가 걸려왔는지, 빌려 온 어떤 책이 나를 놀라게 했는지를 썼다. 남이 보면 창피한 쓸데없는 얘기가 대부분이라 만년필로 썼다. 여차하면 물에 담가서 아무도 못 알아보게 하면 되니까. 그러고 나면 내가 느끼는 불안과 무력함, 아무것도 하지 않거나 하지 못하고 지나간 시간 사이사이는 내가 생각하고 느낀 것, 먹어 치운 것, 누군가와 나눈 것으로

채워져 있다는 것을 눈으로 확인할 수 있었다.

지금이 또 예전과 그리 대단히 다른가 하면, 나는 여전히 그렇게 살고 있다. 사람들이 호기심 어린 눈으로 다음 작품이 정해졌는지 물으면 그냥 계속 준비중이라고 똑같이 말할 수밖에 없다. 실제로 그러하니까.

내가 통제할 수 있는 것은 없다. 그 사실은 점점 더 확실해져가고, 나는 통제 가능하다고 믿는 것들을 붙잡고 여전히 발버둥을 치고 있다. 그래도 한 번 만들었으니까 더 잘 만들어볼 수 있겠지 뭐.

하나도 달라지지 않았다.

결국 다시, 쓰는 수밖에 없다.

나는 이제 불안의 존재를 인정하게 되었고, 나의 불안이 동반한 광기 또한 인정하게 되었다. 다만 그것을 받쳐줄 체력이 필요할 뿐. 그리고 이렇게 이름을 걸고 나의 불안에 대한 글을 부끄러워하며 쓰고 있다. 왜냐하면 글을 쓸 때 나의 불안은 조금 작아지므로.

이제는 수첩에 *끄적인* 메모가 아니라 조금은 다듬어
진 글이길 바랄 뿐이다.

계속하다 보면, 좋아질 수도 있다고 믿기 때문이다.

떠난 마음은 다시 돌아오는가

나는 야구를 정말 좋아했다. 지금은, 그렇게 말할 수는 없다. 그래도 누가 물어보면 한국 프로야구는 좀 덜 보지만 야구라는 스포츠는 정말 좋아한다고 말한다. 돌아보면 야구는 나의 기질과 아주 잘 맞는 스포츠였다. 직접해볼 기회는 별로 없었지만 팬으로서 말이다. 규칙은 세세하지만 작전이 복잡하지 않고, 시즌 동안에는 일주일에 하루만 빼고 매일 경기를 하기 때문에 데이터들이 차곡차곡 쌓여서 그걸 바탕으로 오늘 경기를 예측할 수 있다. 경기장에 직접 가서 보기도 하지만, 매일매일 중계가 되니까 언제 어디서든 스코어를 확인하거나 볼 수도 있다. 심지어 경기장에서 경기를 보면서 중계를 듣는 사람들도 있다.

　나는 2008년부터 히어로즈의 팬이 되었다. 부모님의 영향으로 어릴 때부터 야구를 좋아했다. 그렇지만 내가 같은 팀을 응원하길 바라진 않았다. 부산 출신인 부모님 중 아버지는 당연히 롯데를 응원했지만, 어머니는 특이하게 OB를 좋아했고, 동생은 LG 어린이 팬클럽이었다. 나는 그 모든 팀에 관심이 있었는데 그러다 갑자기 히어로즈를 응원하게 된 것이다.

　히어로즈가 사용하던 목동 야구장은 내가 자주 가는 도서관에서 걸어서 10분이 채 안 되는 곳에 있었다. 지금도 그런지 모르겠는데 그때는 7, 8회가 되면 무료로 입장할 수 있었다. 나는 도서관에 있다가 집에 가는 길에 야구장에 들렀다.

야구장은 아름다웠다. 경기장 안이 보이지 않을 때부터 사람들의 함성이 합창 소리처럼 들려온다. 오르던 계단 끝에 환하게 켜진 조명탑과 초록색 잔디가 보이면 누구든 가슴이 두근거릴 것이다. 모두들 맛있는 것을 먹고 마시고, 좋아하는 선수의 이름을 부르며 함께 춤추고 노래한다. 특히 그곳에선 누구도 아이들에게 조용히 하라고 하지 않아서 어린이들은 가져온 글러브를 끼고 응원가를 목이 터져라 부르고 있다. 물론 이기고 지는 것에 따라 분위기가 달라지지만, 야구 경기는 내일도 있으니까 연패만 이어지지 않으면 받아들일 수 있는 정도이다. 목동 경기장은 외야도 없어서 더 시원한 맛이 있었다.(지금은 키움 히어로즈가 돔 경기장으로 옮겨 가서 비나 더위를 피하기는 좋지만 답답할 때가 있다.)

히어로즈, 영웅들이라는 이름이 붙은 이 팀을 사랑했다. 그러나 지금 구단을 이해하기에는 나의 사랑이 작아서인지, 미워하는 마음을 감당할 수 없어 잠시 내려놓은 상태이다. 선수들은 여전히 너무 좋지만, 그들이 팀을 옮겨 가는지 남는지, 또 어떤 방식으로 다루어지는지 생각하다 보면 머리가 복잡해진다. 내가 이 팀을 응원하게 된 것은 사실 히어로즈의 팬들 때문이었다. 이미 팬이 많은 팀은 팬들 역시 많은 것을 겪은 탓인지 선수와 감독에게 욕도 많이 하고 알 수 없는 자부심도 대단하여, 아무튼 내게는 좀 공격적으로 느껴지는 때가 있었다. 야구팀 안에는 관련된 사람들이 다양하게 존재하는데도 어떤 팬들은 오직 선수만 존재하는 것처럼 굴 때가 있어서 그것도 좀 불편했다.

그 당시 히어로즈는 스폰서 이름 없이 그냥 '히어로즈'였을 만큼 재정 상황이 좋지 않았고 팬도 많지 않았다. 나처럼 집이 가까워서 우연히, 혹은 현대 유니콘스의 오랜 팬이어서… 어쨌든 다른 이들은 대단하게 처주지 않는 이유로 사람들은 경기장에 와서 야구를 보고 그 팀을 응원했다. 그리고 병살타(타자 자신과 앞 주자까지 모두 아웃시키는 플레이)를 치고 들어오는 선수에게도 야유를 보내는 대신 다음에 잘하라는 함성으로 응원했다. 가끔 팬이 많은 팀과 경기할 때는 홈팀임에도 불구하고 '우

리'의 숫자가 너무 적었지만, 그것에 화를 내지도 괴로
워하지도 않았다. 그냥 우리는 이 팀의 야구가 좋아서 왔
고, 여기서 할 수 있는 만큼 응원하리라, 그런 태도였다.
그리고 선수들도 그걸 잘 알았다고 믿는다. 왜냐, 야구는
기록의 경기이므로, 기록을 보면 알 수 있다. 그 당시 히
어로즈는 홈경기 승률이 매우 높았다. 내가 경기장에 가
서 응원하면 제법 많이 이겨주었다.

나도 그들도 서로 사랑할 수밖에 없었다고 말해도 될
까. 그 무렵 나는 도서관에서 도대체 누가 읽어줄지 알
수 없는 시나리오를 쓰고 지우기를 반복하고 있었는데,
좀 더 힘을 낼 필요가 있다고 느낄 때 히어로즈 응원가를
들었다. 효과가 좋았다.

나는 뭐든 책으로 먼저 알고 싶어 하는 사람이라 도서
관에서 '야구'를 검색한 뒤 이런저런 책을 빌렸다. 믿을
수 없이 많은 책이 있었다. 그 당시 도서관에만 300권 가
까운 책이 검색되었고, 미국과 일본 책, 그리고 한국 야

구 선수들 이야기, 팬들이 쓴 각종 고백들이 나를 기다리고 있었다. 나는 차례차례 읽어나갔다. 그리고 연말에는 프로야구 스카우팅 리포트를 샀으며, 야구가 잠깐씩 나오는 소설들도 찾아보았고, 때론 철학서도 읽었다.

집에 와서는 야구와 관련된 영화를 보았다. 내가 가장 좋아하는 야구 영화는 케빈 코스트너가 나오는 〈사랑을 위하여〉(원제는 〈For Love Of The Game〉)이다. 정말이지 눈물 없이 볼 수 없다. 그 배우가 나오는 〈꿈의 구장〉도 좋다. 엄마가 어린이였던 나를 호암아트홀에 데려가서 보여주었던 영화다.

새로 만나는 사람, 특히 남자들에게는 야구를 좋아한다는 얘기를 잘 하지 않았다. 그 당시 나는 히어로즈 선수들 대부분의 기록을 알고 있었고(생일까지 거의 외웠다) 그러다 보니 자연스럽게 다른 구단 선수들 상황도 알 수밖에 없었다. 무엇보다 매일 한국 프로야구의 모든 경기를 하이라이트로 보고 인터뷰까지 찾아보는 야구 광인이었는데, 그럼에도 불구하고 남자들은 나에게 야구를 가르치려 했다. 처음에는 기분이 나쁘다가, 내가 더 많이 아는 걸로 무안을 줄 수도 있겠지만 야구를 정말 사랑한다면 과시하고 자랑할 일이 아니라고 마음을 다스렸다. 어차피 친해지지 않을 테니 내가 광인인 것까지 말할 필요도 없고 다음 주제로 넘어가자, 라고 생각했다. 하지만 생각보다 너무 자주 일어나는 상황이 되어 그냥 거짓말을 붙였다.

"야구 좋아하세요?"
"네, 전 남친이 좋아해서, 조금."

최근에는 사실 야구를 열심히 보지 않는다. 야구가 세상에 존재하지 않는 것처럼 살 때도 있다. 감정 소모도 되지 않고 시간도 아낄 수 있지만, 지나간 사랑의 흔적은 쉽게 사라지지 않는 것 같다.

오늘은 정말 좋아했던 선수가 은퇴하는 날이었다. 사실 지금은 히어로즈 소속도 아니고 심지어 옮겨 간 팀에서 더 좋은 성적을 내고 우승도 했으니 정말 내 마음속에서만 이어져 있는 선수이다. 그래도 그가 프로야구 선수를 그만둔다는 사실은 나를 이상한 감상에 젖게 만들었다. 정말 다행스럽게 지금 소속팀은 그를 위해 은퇴식을 준비해주었다. 아마 오늘 잠들기 전에 그의 인터뷰는 찾아볼 것이다. 잠을 설칠 정도로 슬프지는 않을 것 같은데, 또 모르지.

　내가 가장 좋아했던 것 중 하나는 히어로즈 팀의 시구였다. 아이돌이나 화제의 인물을 불러서 시구를 하는 경우도 많았지만, 그 당시 히어로즈는 '우리 주변의 숨은 영웅'을 찾아서 시구자로 부르는, 지금 생각해도 정말 멋진 시도를 했다. 특히 기억나는 날은, 그 주에 은퇴하는 목동 야구장 그라운드 관리인이 시구했던 날이었다. 자신이 오랫동안 일했던, 그러나 자신의 것은 아니었던 그라운드에서 사람들의 박수를 받으며 시구를 하고, 5회가 끝나자 늘 하던 대로 그라운드를 살피러 다시 나왔다.
　나는 야구장에서 알게 되는 사람들과 거기서 일어나

는 이야기를 아주 좋아했다. 그리고 언젠가는 야구와 관련된 이야기를 쓰리라, 꼭 만들리라 다짐했다. 그때 당장 쓰지 않았던 이유는 너무 사랑하고 있었기 때문에, 일반 관객들이 보기에는 조금 이상한 연애편지처럼 느껴질까 봐, 그렇게는 하고 싶지 않았기 때문이다.

새로 이사 온 동네의 고등학교 야구부가 유명한 모양이다. 나는 강아지를 산책시키며 온 동네를 돌아다니는 편인데, 야구 유니폼을 입고 큰 배낭을 메고 야구 배트를 들고 걸어가는 학생들과 종종 마주쳤다. 고된 훈련을 해서일까, 지쳐 보이기도 했는데, 그 학생이 야구하는 걸 언제 한번 보고 싶었다. 그 학생은 대한민국 최고의 타자, 최고의 외야수 이런 게 되고 싶을지 모르겠지만, 나는 그냥 즐겁게 야구를 하면 좋겠다고 생각했다.

내가 다시 매일매일 야구를 보고 소리 지르고 울고 기뻐하는 날이 올까.

그 마음은 돌아올까.

아니면 돌아오기를 바라고 있는 걸까.

책과 나

나는 책 선물은 잘 하지 않는다.

어떤 책을 좋아하게 만들 수 있을까? 이미 손에 들어온 다음이라면, 어떻게 해야 읽고 싶은 욕망이 생길까? 애초에 책을 좋아하는 사람과 그렇지 않은 사람이 있을 테고, 나의 개인적인 취향을 지나치게 상대에게 강요하는 건 아닌지, 다른 물건을 주는 것보다 신경이 많이 쓰인다. 독서란 정말이지 개인적인 경험이 아닌가.

나는 책을 좋아한다. 책을 좋아하는 것은 읽는 행위도 포함되지만, 읽고 싶은 마음을 가지고 책을 구매하는 것, 그리고 글씨나 그림이 인쇄된 종이를 묶어놓은 그 물건 자체를 좋아하는 것까지 포함한다. 나는 셋 다 최선을 다하는 편이다.

처음 독립해서는 온전한 내 공간이 생겼다는 생각에서인지 책을 전보다 더 많이 샀다. 그걸 전혀 자각하지 못하다가, 다음 집으로 이사하면서 이삿짐 센터 직원들이 작은 원룸에 무슨 책이 이렇게 많냐고 했을 때 알게 되었다. 이사 갈 동네를 고를 때 근처에 편하게 이용할 수 있는 도서관이 있는지도 제법 중요한 요소로 고려한다. 지금 내 손에 없는 흥미로운 책을 발견하면 당장 보고 싶어 안달하는 편인데, 근처 도서관에 소장돼 있으면 가장 빨리 그 책을 구할 수 있다.

왜 그리 책이 필요한가.

나는 딱히 재미있는 사람은 아니다. 그래서 재미있는 것, 나를 매료시키는 것에 잘 홀린다.

어릴 때부터 재미있는 이야기를 쫓아다녔다. 그런데 다행인지 불행인지 세상에 재미난 이야기는 차고 넘쳤다. 뭐든 다 읽겠다는 욕망은 어른이 되어서도 사라지지 않았다. 책을 많이 사기도 하지만, 도서관에 갈 때마다 항상 대출 한도의 최대 권수를 빌려 왔다. 20대 중반까지만 해도 책을 빌려다 놓고 앞쪽만 보다가 반납하는 일도 많았다. 좋아해서인지, 오랜 시간 계속해서인지, 아니면 내 취향이 분명해져서인지, 요즘 빌려 온 책들은 대부분 만족스럽게 읽고 반납한다.

언젠가부터 연말이면 그해 읽었던 책의 목록을 적어 본다. 그러다 보니 대부분이 소설이라는 것도 알게 되었다. 특히 추리소설이 많은데 이건 뒤에 따로 얘기할 기회가 있을 것 같다.

책을 읽는 일은 어떻게 일어나는가.

완결된 이야기, 잘 만들어진 세계는 언제나 나에게 안정감을 준다. 특히 독서라는 방식 자체는 책 속 이야기가 항상 나를 기다리고 있다고 생각하게 만든다. 내가 읽기 시작하면 그 완결된 세계가 움직이기 시작하고, 책을 덮으면 그 세계가 멈춘다. 언제든 그 페이지를 펴서 읽기 시작하면 그 세계는 다시 시작된다. 그래서 특히 청소년기에 혼자 있고 싶을 때 책으로 도망쳤고, 혼자이고 싶지 않지만 혼자일 때, 그 외로움을 달래기 위해서도 책을 펼쳤다. 정말 재미있는 이야기는 다음, 또 그다음 이야기가 너무 궁금해서 마지막 페이지를 향해 질주하듯이 읽었다. 그때의 쾌감이 너무 커서 다른 즐거움들은 조금 무시하면서 살았던 것 같다. 나의 호기심과 급한 성질을 해소할 수 있는 가장 편리한 방법이었다.

책은 나를 자기 방식으로 길들였다.

영화나 드라마를 스킵해서 보는 것을 정말 싫어한다. 부득이하게 그럴 때도 있는데 매번 후회한다. 내가 어떤 책을 읽었다고 할 때는 첫 페이지부터 마지막 페이지까지 보았다는 뜻이다. 이해했든 아니든 좋아했든 아니든, 쓰여 있는 것을 다 읽기는 했어야 한다. 나에게는 책을 읽은 시간이 그 책 자체이다. 그래서 어떤 콘텐츠를 보든 독서와 비슷한 과정을 거친다. 내가 무언가를 만드는 사람이라서도 그렇겠지만, 독서는 나의 일상적인 태도까지 만들어버렸다.

나는 버스를 타기도 하지만 지하철 타는 걸 더 좋아한다. 지하철은 책을 읽기 좋은 장소다. 침대에서 책을 읽다가 잠드는 것도 내가 좋아하는 일이다. 들고 다니기 어려운 두꺼운 책을 그때 읽는다. 누군가 약속에 늦어도 책이 있으면 기다리는 일도 제법 괜찮다.

첫 영화가 개봉한 직후, 그동안 미뤄왔던 불안과 걱정이 밀려왔다. 코로나 한가운데여서 여행을 가거나 친구들을 만나기 어려운 시절이었다. 그래서 책을 읽었다. 남는 시간에 읽는 게 아니라, 독서대를 사서 궁금했던 주제를 정하고 두 달 정도 하루 일과의 중심을 책 읽는 일로

정했다. 목표로 정한 책들을 다 읽겠다는 생각으로, 현재 나의 불안한 마음이 어디서 오는지부터 우주에서 일어나는 일들까지 성실하게 읽었다. 그 내용이 다 기억난다는 얘기는 아니다. 어떤 것은 오래 남지만 대부분은 그냥 흘러 지나간다.

그러나 또 모른다. 어느 날 갑자기 떠오르는 행운도 있겠지.

넓지 않은 공간에 책을 두는 일이 나에게는 익숙하지만, 남편은 함께 살게 된 이후 꽤 큰 책장이 늘 가득 차 있다 못해 종종 바닥에도 책이 쌓일 때마다 정말 다 필요한지 물었다. 주기적으로 도서관에 기증하기도 하고 누군가에게 주기도 하지만, 내 기준에서 필요한 책들은 늘어가고 책장 공간은 늘 한계가 있다. 아직 읽지 않은 책은 당연히 읽을 때까지 기다려야 하고, 다 읽고 재미있는 책은 언제 다시 읽고 싶어질지 모르니까 책장에 있어야 했다. 처음에 남편은 이북 리더를 구입하라고 권유했지만 나의 고리타분함을 받아들였는지 요즘은 말없이 책 택

배를 잘 받아주고 있다.

　지금까지는 같은 책을 두 번 읽지 않았다. 조바심 때문이다.
　세상에 읽을 책이 얼마나 많은데 읽은 책을 또 읽을까.

　두 번 읽은 책은 손에 꼽는다. 좋은 책은 읽자마자 다시 읽을 때 더 재미가 있다는데, 첫 독서에서 발견 못한 것을 발견할 수 있다는데, 그렇게는 해보지 못했다. 이제 여유가 생기면 전에 읽어서 좋았던 책을 다시 읽어볼 생각이다. 어떤 책들은 기억과 전혀 다를 수도 있을 것이다. 10년 전, 20년 전에 읽었던 텍스트와 지금 읽는 텍스트 사이의 간극에서 새로운 것을 발견할 수도 있을 것이다.

　사실 책이, 독서가 나에게 어떤 영향을 주는지에 대해 쓰려고 했다. 그런데 쓰다 보니 나라는 사람이 얼마나 고리타분한 사람인지 고백하는 이야기가 되어버렸다. 여전히 나의 책 장바구니는 가득 차 있고, 매달 두 권씩 희망 도서를 도서관 앱에서 신청한다.

지금은 전처럼 세상에 있는 좋은 책을 모두 읽어버리고 싶다는 헛된 욕망에 끌려다니지는 않는다. 오히려 아직 못 읽힌 좋은 책들이 나를 기다린다고 생각하기로 한다.

어떤 세계가 나를 위해 기다려준다는 든든한 생각.
아, 설렌다.

40대가 되었다

1. 몸과 마음

나는 몸이 마음보다 예민하다.

의욕만 앞서서 뭐든 할 수 있을 것처럼 무리할 때마다 몸
이 먼저 신호를 보냈다. 어릴 때는 그 신호를 못 알아채
거나 무시하며 참았다가 큰코다친 적이 있어서, 나는 뭔
가 중요한 일을 시작해야 할 때 마음보다 몸을 점검하는
편이다.

첫 장편영화 〈내가 죽던 날〉의 시나리오는 나 혼자 시작한 프로젝트였기 때문에 늘 노트북 안에 있었다. 그래서 다른 일을 할 때도 종종 꺼내어 작업을 계속할 수 있었다. 잔인한 말이지만, 아무리 오랜 시간 공들인 시나리오라도 영화로 만들어지지 않으면 누구도 그 존재를 모른다. 몇몇 업계 사람들만 읽고 금세 잊힌다. 제작자와 배우, 스태프, 투자자까지, 여러 가지가 착착 맞아떨어지는 순간을 만나야 세상에 태어날 수 있다.

내내 기다리고 계속 실망만 할 수는 없기 때문에, 나는 아주 큰 기대도 하지 않고 실망도 하지 않기 위해 마음속에 이런저런 성벽을 쌓아왔다. '내가 과연 영화를 만드는 사람인가' 하는 의심과 의문을 안고 지내면서도 혹시 몰라서, 혹은 행운이 찾아왔을 때 얼떨떨한 상태로 흘려보내기 싫어서, 몸과 마음의 건강을 열심히 들여다보았다. 잘 먹고 잘 자는 데 최선을 다했고, 수영도 재미있게 했고, 강아지와 함께 걷기도 많이 걸었다.

그러던 어느 날 갑자기 진행이 빨라지기 시작했다. 정

신을 차려보니 나는 프리프로덕션을 꾸려서 사무실로 출근하고 있었다. 해야 할 일이 정말 많았다. 다행히 그 일을 함께할 사람들이 모였다. 섭외를 위해 알고 지낸 배우들을 만났고, 시나리오 모니터를 받느라 동기들도 만났다. 집에만 있던 사람에서 매일 집 밖으로 나가는 사람이 된 것이다.

출근하고 한 달 뒤 갑자기 배가 아파 왔다. 나는 위와 장 중에 장이 튼튼하다고 생각했다. 20대부터 역류성 식도염이 종종 있었고 나름의 대응방법도 잘 알고 있었다. 그래서 처음 배가 아플 때부터 직감했다. 이것은 위의 문제가 아니구나. 생전 처음 느껴보는 아픔이어서 바로 병원에 갔다. 의사 선생님도 장염이라고 진단해서 약도 열심히 먹고 링거도 권하는 대로 맞았는데 도무지 나아질 기미가 없이 2주를 넘겼다. 차도가 없자 의사는 고개를 갸웃거리면서 다른 처방을 해주었고, 다시 시간이 지났다. 결국 4주가량 밥 대신 죽을 먹거나 환자용 영양식 음료를 먹었다. 열심히 아픈 걸 숨겼지만 그때쯤 되자 함께 일하는 사람들도 슬슬 걱정하기 시작했다. 촬영이 코 앞이었다. 결국 대학병원에서 검사를 받아보라는 소견을 듣고 내시경을 하기로 했다. 그사이 영화의 마지막 장면 촬영지를 호주에서 태국으로 바꿔서, 곧 태국 파타야로 확인 헌팅을 떠나야 하는 스케줄이 나를 기다리고 있었다.

정말 원망스러웠다. 아무 일이 일어나지 않던 몇 년 동안 아프지 않고 지냈는데, 이제 영화를 찍으려는 때에 맞춰 내 몸이 협조하지 않다니. 먹은 게 없어 기운이 없고 배는 아프고 마음도 답답했다. 그렇지만 미룰 수 있는 일은 하나도 없었기 때문에 나는 정신과 몸의 분리를 시도하면서 할 일들을 했다. 그리고 검사 결과, 장 자체에는 큰 문제 없다, 주변 장기의 문제이거나 스트레스가 원인인 것 같다는 진단을 받았다. 바쁜 일(촬영)이 끝나면 주변 장기도 검사해보라고 했다.

다행히 그 이후로 조금씩 나아졌다. 감사한 마음이었다. 사실 그 당시 문제가 있었다고 해도 되돌릴 수 있는 상황은 아니었다. 운이 좋게 영화를 만들게 되었지만 그게 다는 아니야, 정신 차리렴, 영화의 신이 경고하는 느낌이었다. 알겠습니다. 까불지 않겠습니다!

그래서 촬영 기간 동안 몸 컨디션에 무척 예민하게 굴었다. 밥을 규칙적으로 먹고 어떻게든 잘 자려고 했다. 술도 잘 안 마셨다. 내 몸이 아파서 뭔가 덜 하거나 못하게 된다면 나중에 두고두고 후회할 것 같았다. 다행히 아무 문제 없이, 건강하게 촬영을 잘 마쳤다. 어쩌면 그 어느 때보다 촬영 기간에 몸은 건강했던 것 같다.

내 몸을 내가 통제할 수 없을 때도 있다는 것을 호되게 겪고 깨달은 셈이다.

그래, 나는 더 이상 젊지 않을지도 몰라.

2. 건강은 기본값이 아니다

영화 개봉 후 1년쯤 지나도록 잊고 있다가, 그때 못 받은 다른 검사들을 받기로 했다. 30대 초반에 자궁선근증 진단을 받았는데, 그사이 생리 양도 많아지고 생리통도 심해져서 대학병원에서 MRI를 찍었다. 산부인과 전문의는 결과를 보자마자 "통증을 잘 참으시나 봐요?" 했다. 보통 이 정도면 아파서라도 더 일찍 왔어야 할 거라고. 영화 촬영 전의 장 문제도 선근증 탓일 수 있다고 했다. 인간은 자신의 몸도 제대로 알 수가 없는가. 참을 만한 아픔과 참으면 안 되는 아픔을 구분할 수 없는가.

나는 출산 계획이 없기 때문에 통증이 심하면 자궁을 떼어내는 방법도 있다고 했다. 인터넷에 검색해보니 나와 비슷한 증상을 겪는 사람이 정말 많았다. 자궁 적출은 예전보다는 많이 시술하고 경과 또한 나쁘지 않다고 했다. 그러나 그 빈 공간을 두고 다른 장기가 자리를 잡는 데는 사람마다 차이가 있어서 만족도에선 제각각이었다. 그 외의 치료법은 사실 거의 없었다. 이렇게 많은 사람이 고통받는 증상이 왜 해결되지 않는가. 성인 백인 남성이 기준이 되는 현대 의학에서 부인병의 위치와 40대로 접어든(그러니까 40년 동안 사용한) 나의 몸에 대해서까지, 생각은 끝이 없었다.

조금만 찾아봐도 아픈 사람은 많았다. 그러니까 사실 건강은 기본값이 아니다. 아프게 태어나는 사람도 있고 살다가 사고를 겪거나 병이 찾아오는 경우도 많다. 그러나 보통 우리의 일상은 모두 '건강한 상태'를 기본으로 여기며 진행된다. 어쩌면 그래서, 노화로 신체 기능이 떨어지는 것에 대해서도, 아픈 것에 대해서도 막연한 두려움을 갖는지 모른다.

당연히 건강하면 좋겠지. 그러나 그렇지 않은 상황에서 사는 나, 그런 내가 안고 가야 할 증상이나 통증에 대한 나의 태도는 어때야 할까. 아프다는 너무나 기본적인 감각을 앞으로 어떻게 다루며 살아가야 할까.

그에 대한 나름의 답을 찾는 것이 40대가 된 사람의 첫 번째 일이 아닌가 생각했다.

3. 고통과 희열

원래 몸을 움직이는 것을 좋아하는 편이었다. 그중에서도 물속에 들어가 있는 걸 정말 좋아했다. 여름이면 자전거를 타고 한강 수영장에 가는 것이 낙이었다. 그렇지만 수영을 한다기보다 물놀이에 가까운 수준이었다.

서른이 넘어 혼자 살게 되면서 수영을 제대로 배우기 시작했다. 집 근처에 구립 수영장이 있었고, 처음 시작할 때가 겨울이라 경쟁률이 낮아서 바로 등록이 되었다. 내가 무딘 탓인지 요즘 기사에 나는 것 같은 텃세는 못 느꼈다. 이른 아침뿐 아니라 오전 11시같이 애매한 시간에도 강습이 있었다. 나중에 보니 마포구만 그랬다. 아마도 회사에 다니지 않는 프리랜서나 자영업자가 많은 덕분이었을 것이다.

그곳에서 물속에서 숨 쉬는 것부터 자유형, 배영, 평영, 접영까지 배웠다. 아침에 잘 못 일어나는 나에게는 11시도 꽤 서둘러야 하는 시간이었지만, 일단 다녀오면 기분이 정말 상쾌했다. 겨울이면 일어나서 이불 밖으로 나가는 것조차 힘든 내가 수영을 배운 첫 겨울에는 벌떡 일어나 수영장으로 뛰어갔다.

누군가 그랬다. 수영을 그만두는 때는 수영이 잘 안 될 때가 아니라 다녀와서 수영복을 세탁하기 싫을 때라고. 다행히 수영은 이사를 두 번 하면서도 계속 다녔다. 이사 갈 동네에 수영장이 있는지, 얼마나 떨어져 있는지가 집을 고르는 데 중요한 요소가 되었다. 마포구, 서대문구, 은평구의 수영장을 다녔는데, 서대문구에는 마치 물속에서 태어난 것 같은 6, 70대 여성들이 많았다. 수영을 마치고 자전거로 남한산성에 가서 점심으로 뭘 먹을까 의논하는 모습은 신선한 충격이었다. 나도 저 나이에 저 정도의 체력을 갖는다면 얼마나 좋을까, 생각만 해도 짜릿했다.

그리고 지금 사는 동네에 와서는 아직 수영장을 등록하지 못했다. 막 이사 왔을 무렵, 대부분의 수영장이 코로나로 문을 닫았다. 그 많은 수영 선생님들은 무얼 하고 지낼까 가끔 생각했지만, 상황이 조금 나아진 다음에도 선뜻 가게 되지 않았다. 내가 선호하는 11시 수업이 없어서이기도 했다.

그래서 시작한 것이 달리기였다. 다른 운동을 배워볼까도 생각했지만, 시간에 맞춰서 나가고 들어오는 일이 굉장히 어렵게 느껴졌다. 또 실내에서 하는 운동은 답답한 느낌이어서 싫었다. 달리기를 해야겠다고 했더니, 내 나이쯤 되면 가장 많이 도전하는 것이 달리기라고들 했다. 이제는 운동에서조차 누구의 잔소리나 가르침을 받기가 싫어서, 홀로 아무 때나 원하는 방식으로 달리는 것 정도가 남았기 때문이라는 것이다. 너무 맞는 얘기 같아서 크게 웃었다.

처음엔 집에 있는 운동화에 트레이닝복을 입고 달렸다. 그냥 달리기는 싫어서 사람들이 추천하는 달리기 앱을 이용해서 30분 동안 쉬지 않는 걸 목표로 달리기 시작했다. 처음에는 목에서 피 맛이 나기도 하고 무릎이 삐걱거리기도 했다. 그래도 계절을 느끼고 풍경이 변하고 지나가는 사람들을 구경하는 재미가 있었다.

무엇보다 지금 내 몸, 그 자체가 느껴지는 감각이 좋았다. 숨이 차고 무릎이 아프지만, 나의 의지로 나의 몸을 움직이며 나 혼자만 오롯이 느끼는 존재론적인 쾌감이랄까. 마라톤을 하는 사람들이 느낀다는 희열도 그 연장선에 있는 것일까.

따지고 보면 아파서 느끼는 통증 역시 타인과 나눌 수 없는, 오롯이 개인이 홀로 감당해야 하는 것이다. 그렇기 때문에 사람들은 아프다는 감각과 함께 외로움까지 느끼게 된다.

더 이상 젊지 않고 건강이 기본값이 아니라는 것을 받

아들여야 하는 40대의 사람은 앞으로 이 고통과 희열을 어떻게 다루어야 할까. 어떻게 하면 이들과 다투지 않고 잘 살아갈 수 있을까.

설렁설렁 새롭게

나의 책장에는 외국어 칸이 있다. 작년에 한 번 정리하여 지금은 그래도 조금 단출해진 편인데, 영어, 프랑스어, 중국어, 일본어 그리고 터키어 초급 교재가 꽂혀 있다. 학생 때부터 배운 언어도 있지만 정말 순수하게 궁금해서 시작한 것도 있다. 유창하게 말하고 읽지 못해도, 그 언어가 어떻게 구성되어 있는지 들여다보는 것만으로도 얻게 되는 만족감이 있다.

한국에서 태어나 공교육을 받으며 자란 80년대생인 나의 첫 외국어는 영어였다. 입시 때문에라도 학교에 다니는 동안 영어는 가장 중요한 언어였다. 영화도 드라마도 미국이나 영국에서 만들어진 것들을 주로 봐왔기 때문에 어쩌면 나에게 나라 밖 언어는 영어였다. 실제로 지리적으로 가까운 나라들의 언어는 영어와 전혀 다르고 또 다양했는데, 심리적으로는 영어와 더 가까웠던 것이다.

고등학교 때 중국어를 배웠지만 한자가 어려워서 잘하지는 못했다. 몇 년 전 중국 드라마를 한창 볼 때 귀에 들리는 단어들의 뜻이 기억나서 좋아했더니, 친구가 자기도 조금씩 해보고 있다며 교재를 몇 권 추천해주었다. 그중 하나를 사서 설렁설렁 하고 있으니 이번엔 친구가 시험을 보면 그래도 빨리 는다고 해서 덜컥 3급을 신청했다. 붙고 안 붙고는 크게 중요하지 않다고 생각하고 시험장에 갔는데 나를 제외하고는 함께 시험을 보는 사람들이 대부분 초등학생, 중학생이었다. 나보다 높은 등급 시험을 치른 친구의 반에는 어른들이 절반 정도 있었다고 했다. 아, 사람들은 이렇게 열심히 살고 있구나 감탄하는 동시에 입시란 무엇인가, 조기 언어 교육이란 무엇인가 한참 생각했다.

그리고 작년에 일본에서 영화를 찍자는 제안이 있어서(아쉽게 무산되었다) 6개월 정도 아주 빡세게 일본어를 배웠다. 내 인생 처음으로 일대일 개인 과외부터 시작하는 외국어였다. 전에 설렁설렁 배우던 언어와 달리 당장 그 말을 하는 캐릭터를 떠올리면서 일본어를 배우자니 굉장히 다양한 질문들이 떠올랐다. 물론 6개월 배워서 일본어를 구사하겠다는 욕심은 아니었다. 하지만 그 언어를 전혀 모르는 채로 영화를 만든다는 생각은 하지 않았다. 인물들을 그 언어로 먼저 그려보는 일은 꼭 필요했다. 비록 영화를 만들지는 못했지만 그렇게 일본어는 설렁설렁 나의 언어 칸에 들어왔다.

나에게 언어는 중요했다. 읽고 쓰는 일은 가장 좋아하

면서도 잘하고 싶은 일이었다. 모국어인 한국어를 잘한 다는 것, 잘하고 싶다는 것은 조금 흐릿하게 다른 것들과 섞여 있었다. 오히려 외국어를 배우면서 한국어의 다른 면을 알게 되었다. 대학생 때 한국어를 배우는 프랑스 사람과 만나 한 시간은 프랑스어로 한 시간은 한국어로 수다를 떨었다. 각자 커피값만 부담하는 방식이었는데 매번 서로의 언어가 너무 어렵다고 호소했다. 내가 왜 프랑스 사람들은 70을 60+10이라고 하냐(10은 dix, 60은 soixante인데 70은 soixante-dix이다) 물으면, 그 친구는 나에게 왜 '열두시 십이분'은 굳이 같은 숫자를 다르게 부르냐고 반박했다. 왜 그럴까, 모국어가 한국어인 나는 잘 설명하지 못했다.

영화 학교 동기 중에 티베트 출신의 미국 국적자가 있다. 그 친구와 대화는 한국어로 하지만 메일은 영어로 주고받는다. 인도에서 자라 여러 가지 언어를 잘하는 그 친구가 늘 대단해 보였다. 내가 영화를 만드는 일이 너무 더디다며 징징거리자, 그 친구는 정색을 하며 너의 모국어로 영화를 만들 수 있다는 것이 얼마나 행운인지 기억해, 라고 했다. 그때 깨달았다. '내가 잘 아는 언어는 나를 자유롭게 한다.' 한국어를 사용하며 살아가는 한국 사람들은 잊고 지내기 쉬운 행운이다.

내 영화에는 전라도 사투리가 나온다. 사실 나는 경상도 출신 부모님의 영향으로 부산 사투리를 약간 구사할 수 있으며, 미세하게 틀린 사투리 억양도 알아챌 수 있다.(물론 경상도 사투리도 부산 사투리, 대구 사투리, 경주 사투리 등등 다 다르지만.) 그렇지만 예전부터 전라도 사투리에 관심이 많았다. 생경한 단어들도 재미있었다. 전라도 출신 친구들이 부모님과 통화하는 걸 옆에서 열심히 듣고, 그들이 고향 친구들을 만날 때 끼어서 눈을 반짝이며 술을 마시기도 했다.

그렇지만 전라도 사투리를 사용하는 캐릭터를 등장시키는 것엔 용기가 필요했다. 내가 전라도 사투리 연기를 보고 좋다 나쁘다 판단할 수 있을까 걱정이 되면서도 이상하게 꼭 넣고 싶었다. 다행히도 언제든 믿고 물어볼 수 있는 광주 출신의 꼼꼼한 스크립터를 만났고, 또 전라도 사투리를 잘 구사하는 배우들과 함께 장면을 연습하며 더 좋은 대사로 다듬어갔다. 진짜 그 섬에 사는 사람처럼 보였으면, 사투리를 아는 사람이 보기에도 어색하지 않았으면 하고 애를 썼다. 그리고 결국 찍는 동안 가장 즐거웠던 장면들이 되었다.

너무 피곤한데 할 일이 아직 남았을 때 〈겨울왕국 1〉의 주제가인 〈렛 잇 고〉를 듣곤 한다. 디즈니 영화는 전 세계에서 개봉하고, 어린이들을 위해 각 나라의 언어로 오리지널 사운드트랙이 나온다. 특히 〈렛 잇 고〉는 전 세계적으로 흥행에 성공했기 때문에 각 나라 버전을 모은 음반도 있다. 그 음반에서 그날그날 궁금한 언어의 〈렛 잇 고〉를 듣는다. 아주 더운 태국에서 사는 여자 어린이 혹은 히잡을 쓴 아랍의 어린이가 얼음을 만들어내는 공주의 외로움과 새로이 살겠다는 다짐을 각자의 언어로 듣는다고 생각하면 이상하게 기운이 난다.

요즘도 큰 서점에 가면 언어 교재가 꽂힌 서가에 오래 머물게 된다. 모든 언어의 기초 교재는 초급자를 환영한다. 배우려는 시도만 해도, 책 앞부분을 몇 장 펼쳤을 뿐인데도 환대를 받는 경우는 드물다.

언어 체계가 그 언어를 쓰는 사람의 사고 체계도 만든다고 한다. 한국어라는 모국어를 사용하며 40년 넘게 살아온 나의 고리타분한 사고 체계를 새로 배운 외국어가 자극해 조금이나마 신선한 생각을 하게 만들지도 모른다는 기대가 있다. 내 인생과 전혀 상관없어 보일지라도, 한 언어의 초급 교재를 한 권 떼보는 일은 그 언어를 쓰는 어떤 장소, 어떤 시간으로 나를 데려가줄지도 모른다.

빨리 배우지 않아도 괜찮으니까 오래 할 수 있다. 또 인생이란 정말 알 수 없는 것이니 그 언어를 쓰는 사람을 만날 수도, 그 나라에 가볼 수도 있지 않나.

앞으로 살면서 그 언어를 적어도 한 번은 써먹을지도

모른다는 희망이 한 번은 써먹겠다는 의지로 넘어가기 쉽다고 생각한다.

설렁설렁 새롭게.

추리소설을 읽는 마음

내일 할 일이 없다는 것이 나를 불안하게 할 때, 재미있어 보이는 추리소설을 읽었다. 두꺼울수록 좋았다. 내일 일찍 일어나지 않아도 된다는 것은 밤을 새워 이 이야기를 읽을 수 있다는 의미이다. 아무런 계획도 없었지만 책을 찬찬히 읽을 수 있는 시간이 있다는 사실은 불안한 나를 덜 초조하게 만들어주었다. 그래서 이야기의 끝이 알고 싶으면서도 이야기가 끝나지 않기를 바랐다. 나는 이야기 속으로 도망쳤다.

내가 읽는 책은 대부분 추리소설이었다. 매년 연말이면 그해 읽은 책을 목록으로 정리해보는 편이다. 몇 년간은 100권을 채우려고 노력했는데, 목록을 적어보고 나서야 알았다. 나는 다양한 책을 읽지 않는다. 소설이 80퍼센트에 가깝고 그중 90퍼센트가 추리소설인 해도 많았다. 목록을 보면서 나는 왜 이렇게 끔찍한 일이 일어나는 이야기를 쉬지 않고 읽어대는가, 진심으로 염려가 되었다.

진실을 알고 싶어 하는 것은 인간의 본성에 가깝다고 생각한다. 얼마나 알고 싶어 하는지는 다르겠지만, 내가 사는 세상과 인생을 알고 싶은 마음, 그곳에서 일어나는 일들을 어떻게든 이해하고 싶어 하는 마음은 모두 비슷할 것이다.

진짜 같은 정교한 거짓말을 좋아한다. 쫄보인 나에게 어떤 '진짜'는 겁을 먹게 만들지만, 그럴듯한 '가짜', 진짜 같은 이야기는 편안함을 준다. 내겐 그런 약속이 바로 추리소설이다.

그 세계 속에서 끊임없이 드러나는 사실은 일상이 그렇게 견고하지 않다는 것, 인생은 사소한 사건으로도 파괴될 수 있다는 것이다. 그리고 그 가운데 누군가는 의문을 품는다. 그 일의 당사자이거나 당사자와 가까운 사람일 수도 있고, 직업적으로 당연히 의문을 가져야 하는 사람, 그러니까 경찰이나 보험조사원 같은 사람들도 있고, 또 특별히 의뢰를 받아 사건에 투입되는 탐정도 존재한다. 경찰은 공무원이고, 어느 나라든 보통은 피곤한 상태다. 상쾌한 아침을 시작하는 경찰은 추리소설에 잘 나오지 않는다. 그들은 대부분 피곤하지만 그 피곤을 달랠 방법 정도는 있고, 각자 다른 직업의식을 가지고 살아간다.

내가 제일 좋아하는 경찰은 해리 보슈다. 일단 작가 마이클 코넬리는 책을 많이 썼고, 한국에 번역되어 나온 책도 많다. 내가 처음으로 집중해서 읽기 시작한 시리즈이기도 해서 각별하게 생각한다.(만약 관심이 있다면 시리즈 첫 권인《블랙 에코》부터 읽기를 추천한다.) 해리 보슈는 LA

경찰이고, 그의 동선이 책 속에 자세히 그려진다. 지도 앱을 켜고 경찰청이 있는 동네와 그가 묘사해둔 커피숍 건물, 그의 집이 있는 동네를 찾아보았다. 베트남 전쟁을 겪은 나이 많은 아저씨지만, 자신의 이야기를 할리우드에 팔아서 돈도 좀 있는 상태인 것이 안심이 될 정도로 친근하게 느낀다. 아마도 작가의 취향일 테지만 해리 보슈가 듣는 재즈 곡이 나오기도 해서 종종 그 음악을 틀어놓고 읽기도 한다. 마이클 코넬리도 그 리듬에 맞추어 글을 쓰지 않았을까 생각하면서. 최근에는 그가 소개해준 프랭크 모건과 조지 케이블의 앨범을 듣고 있다. 이 작가의 가장 부러운 점은, 경찰 하나, 변호사 하나, 기자 하나씩 튼실한 캐릭터로 만들어놓고 내키면 그 캐릭터들을 다음번 새로운 작품에서 만나게 한다는 것이다. 어찌 보면 작가에게 가장 뿌듯한 일이 아닐까. 캐릭터가 살아 있는 각각의 세계가 만나 또 새로운 이야기를 만들어내기도 하니 말이다.

작가로만 따지면 마쓰모토 세이초를 제일 믿는 것 같다. 그의 이야기는 다 읽고 나서도 남아 있는 자장에서

벗어나지 못한 채 한동안 생각하게 된다. 모든 작품을 좋아하지만 가장 최근에 읽은 《일본의 검은 안개》가 계속 마음에 남아 있다.

나는 후일담을 좋아한다. 어떤 일이 일어나는 중간보다, 다 끝나고 시간까지 지나버려 뭐가 진실인지 알 수 없어지는 상황이 더 흥미롭다고 생각하는 것이다.(쓰고 보니 너무 잔인하다.) 그래서 탐정 이야기를 좋아하는지도 모른다. 이상한 일을 감지한 사람들이 의뢰를 해야만 그 사건에 접근할 수 있는 인물, 그들이 탐정이다. 거절할 수도 있지만 일단 의뢰를 받으면 자신의 방식대로 사건에 접근한다.

스기무라 사부로는 늘 신간을 살피며 열심히 읽는 미야베 미유키의 탐정 캐릭터이다. 누가 봐도 놀랄 만한 일은 일어나지 않는데 그게 또 매력적이다. 아무렇지 않은 일상 속에서 한 개인의 비밀들이 밝혀진다. 한때는 왜 자꾸 요괴가 나오는 괴담을 쓰시는 걸까, 《모방범》같이 다 읽지 않고는 잠들 수 없는 책을 읽고 싶어 한동안 아쉬

위했다. 그러나 소설가도 인간이고 그의 관심사도 자연스럽게 변화하고 옮겨 간다. 작가 자신은 어떻게든 작품 속에 남아서, 나는 결국 미야베 미유키의 에도 이야기 역시 사랑하게 되었다. 요괴가 왜 이곳에 있는가는 그 범죄가 왜 '지금' '여기'서 일어나는가와 맞닿아 있다고 생각한다.

　로렌스 블록의 매튜 스커더 시리즈도 좋아한다. 매튜 스커더라는 인물은 탐정 일을 미친 듯이 열심히 하지 않고, 자기가 궁금한 이야기를 찾으러 다니다가 실수도 저지르고 후회도 많이 한다. 그러나 탐정은 정답을 찾는 사람이 아니라 좋은 질문을 던지는 사람이라는 의미에서, 나는 완벽하지 않은 매튜 스커더를 좋아한다.

　추리소설 속 세상은 냉혹하다.

　남의 불행을 외면해야 내가 살 수 있는 환경이 야만이고, 남의 불행을 외면하지 않아야 내가 더 잘 살 수 있는 환경이 문명이라고 생각한다.

책을 읽는 현실의 나는 제법 안전한 상태로 누군가의 곤혹스럽고 괴로운 상황을 떠올려본다. 그저 구경할 때도 있지만, 나와 잘 맞는 작품 속에서는 그 일들을 상상으로나마 겪어볼 수 있다. 용감한 인물들은 어떤 추악한 모습이라도 진실을 보고자 한다. 그게 가짜가 아니어야 진짜인 생각을 하고 다음 행동을 결정할 수 있다고 믿기 때문이다. 물론 어떤 일은 너무 망가져서 처참한 결과만 남아 있을 때도 있다. 하지만 그 조각들조차 어떤 이의 흔적이며 어떤 시간을 살아낸 결과이기 때문에 그 자체로 의미가 있을 것이다.

당연히 진실이 버거울 때도 있다. 그러나 그것 역시 훈련하면, 조금씩 해보면 좋아진다고 믿는다. 추리소설을 읽으면서 그 훈련을 미약하게나마 조금씩 하고 있다고 생각한다.

'나는 왜 이렇게 끔찍한 일이 일어나는 이야기를 읽어대는가'라는 의문이 좋은 추리소설과 만나 '어떻게 사람들은 이렇게 끔찍한 일이 일어났음에도 계속 살아가는가' 하는 질문으로 바뀌는 순간들 때문에 나는 오늘도 여전히 추리소설 서가에서 서성인다.

2부   시간을

건 너 는   시 간

무언가를 믿고 싶은 마음은
세상을 이해하고 싶은 마음이라고 생각한다.

집과 동네

일어나보니 아침 일찍 부동산 사장님한테서 부재중 전화가 남겨져 있었다. 그리고 잘못 걸었다는 문자도 와 있었다. 이번이 두 번째인데, 지난번에는 이런저런 안부인사도 나누었다. 사장님은 내 전화번호를 지울까 했는데 아직 못 지웠다며 '옛날 302호 아가씨'로 바꿔놓겠다고, 미안하다고 했다. 지난번 집을 소개해준 부동산 사장님 부부 중 아내분이었는데 계약하러 가보니 그분이 집주인이었다. 그 순간에는 내가 집을 보러 간 게 아니라 집주인이 나를 보러 온 것이구나 싶어서 당황했다. 그러나 강아지를 키워도 되는지 물었을 때 사는 동안 그곳은 온전히 당신의 공간이라고, 그렇게 말해주는 분들이었다. 얼핏 들으면 전혀 다정하지 않은 경상도 사투리를 썼지만 지내는 동안 불편한 곳은 없는지 때마다 살펴주었다.

그 집은 내가 독립해서 살게 된 두 번째 집이었다. 그전에는 대로변의 오래된 오피스텔에 살았다. 좁고 에어컨도 없던 집이라 지금 생각하면 어떻게 3년이나 살았나 싶은데, 독립한 첫 집이라 그랬는지 잘 지냈다.

발품을 많이 팔아 찾아낸 두 번째 집은 내가 가진 돈에서 구할 수 있는 가장 좋은 집이었다고 자부할 수 있다. 빌라와 다세대 주택이 많은 동네에 있었다. 해가 잘 들어 식물들이 잘 자라고 빨래가 잘 말랐다. 그 당시 가까운 곳에 살던 남자친구와 강아지 한 마리를 함께 키웠는데 강아지가 산책할 곳도 많았다. 나의 소울 푸드가 된 순댓국집도 바로 앞에 있었고 시장도 가까웠다. 집에 있는 시간이 긴 나에게는 여러모로 잘 맞는 집이었다. 그리고 내 인생에서 할머니와 할아버지를 가장 많이 마주쳤던 동네였다.

정말 마음에 드는 야채, 과일 가게가 있었는데 가격도 싸지만 질이 정말 좋아서 우리 동네 보물이라고 생각했다. 당시 집에서 열심히 밥을 해 먹었던 나는 새로운 제철 야채와 조리 방법 등을 소개받았다.

하루는 오이가 너무 많이 쌓여 있어서 누가 다 사 먹나 싶었는데, 할머니들이 장바구니를 끌고 와서는 100개씩 사 가는 것이었다. 궁금함을 못 참고 물으니, 오이지를 담그는 철이라면서 나도 담가보라고 권했다. 그런 야채들이 한 달에 하나씩은 꼭 있었다.

한번은 두릅이 있길래 혼잣말로 이건 어떻게 해 먹나, 했는데 갑자기 주변 할머니들이 제자리에서 혼잣말처럼 "두릅은 데쳐서 초장 찍어 먹는 게 최고지", "아니 두릅은 된장이랑 무쳐야지"라고 한마디씩 했다. 그러다가 제일 구석에 있던 할머니가 눈을 마주치고는 "새댁, 그냥 전으로 해먹는 게 젤 나아. 데치고 어쩌고 하는 건 늙은 것들 입맛이지" 하며 지나갔다. 나는 그 사이에서 홀린 듯 두릅을 샀다. 그리고 두릅은 매해 봄을 기다리는 이유가 되었다.

그리고 산딸기! 나는 산딸기를 정말 좋아하는데 그 집 산딸기는 시세보다 3,000원 정도 싸고 정말 맛이 좋았다. 사장님이 매일 새벽 시장에서 떼 온 과일을 직원들과 나눠 먹어보고 가격을 매긴다고 했다. 그런데 점심때쯤 가보면 산딸기는 가격표만 남아 있고 이미 다 팔리고 없었다. 내가 너무 안타까워하자, 일찍 와야 한다고, 할머니들한테 인기가 좋아서 많이 가져와도 이 시간에는 남아 있기 어렵다고 했다. 예약을 걸어두는 시스템은 아니라 눈물을 머금고 돌아섰다. 그러다가 평소보다 아침 일찍 일어나서 세수도 안 하고 산딸기를 사러 갔는데 딱 두 팩이 남아 있었다. 마침 내 앞에 있던 할머니가 둘 다 사려던 모양이었다. 이미 지갑을 꺼내던 차라 사장님이 나를 안타깝게 쳐다보자, 할머니가 눈치를 채고는 잠깐 고민하더니 "아가씨도 맛이나 봐" 했다. 너무 고마워서 나는 큰절이라도 할 태세였는데 그게 부끄러웠는지 도망치듯 가버렸다. 아무튼 그렇게 먹은 산딸기는 정말 맛있었다.

   그 동네에 할머니 할아버지가 많다는 것은 폐지 줍는 분들이 많다는 얘기와도 연결되었다. 고장 난 전자레인지를 버리려고 구청에 전화를 했더니 담당자가 아마 그 동네는 내놓기만 하면 바로 어르신들이 가져갈 거라고, 그래서 신고받고 가보면 물건이 없는 경우가 대부분이라고 했다. 물건을 내놓고 다음 날까지 그대로 있으면 다시 전화하라고 했는데 정말 전자레인지는 내놓자마자 사라졌다.

   여름마다 옆 빌라 1층 야외 주차장에서는 할머니들이 돗자리를 펴고 화투를 쳤다. 깔깔 웃는 소리를 따라가보면 구르마가 몇 대 주차돼 있었고, 시원한 수박을 가져와 함께 먹는 모습도 자주 볼 수 있었다. 내가 그 광경을 유심히 보며 지나가자니 동네 할아버지가 말을 걸었다.

저 중에 빌라 주인 할머니도 있어. 그렇다, 빌라 전체를 소유한 할머니도 폐지를 줍는 구르마가 있는 동네였다.

코로나 시기를 지나면서 가장 많이 떠오르는 장면이 있다.

지하철역에서 우리 집까지 불광천변을 10분 정도 걷다 보면 사람만 다니는 다리가 하나 있었다. 이사 후 한 달쯤 지난 6월의 어느 날, 퇴근해서 집으로 가는데 어르신들이 그 다리 가장자리에 돗자리를 펴고 집에서 가져온 밥과 반찬으로 피크닉을 하고 있었다. 불도 밝아서 마치 잔치가 벌어진 것 같았다. 혼자 나왔다가도 옆자리 사람들과 자연스럽게 말을 섞고, 누군가 치킨을 사 오면 맥주가 돌고 막걸리를 나눠 마셨다. 아마도 그 동네 다세대 주택의 반지하층에는 에어컨이 없는 집도 많았을 것이다. 평온해 보이는 여름밤, 천변에 부는 바람을 맞으며 동네 이웃들과 저녁을 보내는 장면은 뭐랄까, 아파트 촌놈인 나는 상상도 못 해본 근사한 풍경이었다.

아마 지난 세 번의 여름엔 그 잔치가 열리지 못했을 것이다. 모두들 어떻게 그 여름을 났을까.

나는 다시 그 잔치의 풍경을 볼 수 있을까.

나의 사랑은 정확한가

토토는 내가 처음으로 키우게 된 검정 수컷 푸들이다. 2016년 8월 5일 엄마 강아지 해피가 새끼 다섯 마리를 낳았는데 그중에서 가장 큰 검정 강아지였다. 해피는 5킬로그램 정도의 하얀 푸들인데 아빠 강아지가 까매서 토토는 털이 새까맣게 태어났다.

남자친구(지금 남편이 되었다)가 가파른 오르막에 있는, 전보다 넓은 투룸으로 이사를 가면서 강아지를 데려

오겠다고 했을 때 나는 반대했다. 불안정한 수입과 반려동물에 대한 책임 얘기를 했던 것 같다. 남자친구는 어떤 종이든 상관없이 '검정' 강아지를 키우고 싶다고 했다. 우리는 결국, 보호소에 봉사를 가보자고 합의를 보는 데까지 이르렀다.

그러다가 지인의 어머니가 키우던 반려견이 새끼를 다섯 마리 낳았고 그중 두 마리를 입양 보내려 한다는 소식을 듣게 되었다. 엄마 해피와 3개월을 지낸 그 두 마리 중 하나가 토토였다. 강아지들이 있는 집은 지하철로 꽤 멀리 가야 하는 곳이었고, 바로 다음 날 남자친구가 그 집을 방문했다. 분명 강아지를 보고만 온다고 했는데 연락이 없어 전화를 해보니, 강아지를 데리고 집에 오는 길이라 했다. 지인의 어머니께선 새로운 반려인과 함께 낯선 집으로 떠나야 하는 아기 강아지가 걱정됐는지, 차로 직접 데려다주겠다고 했다. 그렇게 토토는 엄마와 남매의 배웅을 받으며 남자친구의 집에 왔다.

나는 버스로 30분 정도 떨어진 곳에 살았는데 당장 달려가 토토를 만났다. 신기할 정도로 작은 녀석이 끊임없이 꼬물거렸다. 갑자기 새로운 곳에 홀로 떨어져 어리둥절해하는 토토의 모습을 보고 나는 그대로 사랑을 맹세하게 된다. 며칠을 고민한 끝에 토토라는 이름을 지어주었다.

그다음 날 남자친구가 출근한 사이, 아기 강아지를 혼자 둘 수 없어서 내가 남자친구 집으로 가서 토토와 내내 같이 있었다. 10월이라 아직 모기가 있었는데 행여 접종도 다 마치지 못한 강아지가 모기에 물릴까 봐(물리면 큰일 나는 줄 알았다) 잠든 강아지를 내내 들여다보고 있었다. 강아지는 몸부림을 치며 잠깐씩 깰 때마다 나를 보고 반가워서 꼬리를 흔들었다. 세상에 이렇게 예쁜 생명체가 있다니, 그리고 그 생명체가 나를 알아본다니 정말 황홀했다. 나는 광기와 불안에 휩싸여 남자친구와 동네에서 제일 좋은 동물 병원—우리 기준에 가장 상냥하고 전문적인 선생님이 있는 곳—을 찾았고 우리 예산 안에서 가장 좋은 사료와 간식을 구했다. 그리하여 토토는 따로 사는 두 사람이 함께 키우는 강아지가 되었다.

토토가 접종을 마치자마자 나는 남자친구 집 근처의 모든 산책로를 토토와 함께 걷기 시작했다.

나는 조금 늦게 독립한 편이라 토토가 왔을 당시 첫 집에서 2년째 살고 있었다. 돌이켜보면 정말 작은 원룸이었지만 첫 집이라 그랬는지 이상하게 하나도 불편하지 않았다. 에어컨 없이 여름을 두 번 나는 동안 정말 덥긴 해도 이사할 정도로 큰 문제라 생각하지 않았다. 그런데 토토를 처음 그 집에 데려왔을 때 자꾸만 화장실에 가 있었다. 공간이 너무 좁아서 편히 머물 곳이 없다고 느끼는 것 같아 나는 이사를 고민하기 시작했다. 그전까지 이사를 강권했던 사람들은 모두 황당해했다. 강아지와 함께 살고자 하는 싱글 여자의 집을 예산에 맞춰 고르는 일은 쉽지 않았다. 강아지가 산책할 만한 곳이 근처에 있고, 밤늦게 다녀도 그리 위험하지 않으며, 버스나 지하철을 타기 쉬운 곳. 그런 집을 찾기 위해 꼬박 두 달간 최선을 다해 돌아다녔다. 그리고 토토는 그렇게 찾은 새 집에서 나와 함께 3년을 살았다. 보통 강아지들은 짧은 시간 안에 집이 바뀌면 혼란스러워한다는데, 토토는 잘 적응해 주었다.

나는 토토를 왜 이렇게 사랑하는가.

당시에 토토와 함께 있는 것보다 의미 없고 재미없는 일은 아무것도 하고 싶지 않았다. 그리고 그만큼 의미 있고 재미있는 일 또한 거의 없었다. 돌아보면 토토가 왔던 시기, 나는 무력감에 젖어 있었다. 계속 이렇게 살아도 되는지 떠올리면 괴로워져서 그 생각에서 자주 도망쳤다. 그런 마음에 잡아먹힌 날에는 그냥 하루 종일 내 방 침대에 누워 있고만 싶었다. 잘 수 있다면 계속해서 자고 싶은 마음이었다.

그러나 토토와 함께 계속 잠들어 있을 수는 없었다. 토토는 나와 달리 활기가 넘쳤고, 새로운 일들에 적극적이고 신나했다. 그런 토토의 모습이 보고 싶어서 무기력한 몸을 일으켜 밖으로 나갔다. 뭐 대단한 일을 한다고 강아지를 혼자 두나 싶어 집에서 작업을 했고, 강아지 배낭을 메고 토토와 어디든 함께 갔다. 반려견 놀이터에 어떤 강아지들이 오는지, 어느 공원이 강아지와 걷기 좋은지, 동네 어느 구석에 쓰레기가 많은지 발견하며 계속 움직였다. 사회성이 좋은 강아지로 키우려면 한 살이 되기 전에 100명의 사람과 100마리의 강아지를 만나게 해주라는 얘기를 듣고 나는 그렇게 했다. 그 무렵 토토와 함께 찍힌 사진 속 나는 정말 행복해 보인다.

그리하여 나는 이 강아지와 즐겁게 살기 위해서는 구체적으로 무엇을 해야 하는가 생각하게 된다. 답 없는 고민만 하던 마음에 어떤 욕망이 생겨버린 것이다. 아, 뭐라도 해야지. 좀 더 걷기 위해서는 체력을 길러야 했고, 내가 사는 빌라의 사람들에게 강아지가 이웃에 사는 것이 불편하지 않은지 안부를 묻고, 동네에 지정되지 않은 자리에 쓰레기가 버려지는 것을 신고해야 했다. 나에게 불광천과 이 동네 골목골목이 예전보다 소중해진 것이다. 토토가 내 방 너머로 나의 세계를 넓혀준 것이다.

그렇다면 내가 토토를 사랑하는 방식은 옳은가, 혹은 나의 사랑은 정확한가.

토토라는 강아지를 보다 정확하게 사랑하기 위하여 강아지에 대한 책을 자주 빌려 읽고 구입했다. 나라마다, 시절마다 강아지를 사랑하는 방식은 계속 변화해왔다. 나는 이미 많은 사람들이 연구하고 고민해둔 것들을 열심히 찾아보았다.

나의 사랑과 토토의 행복은 얼마나 가까운가. 종이 다른 생명을 사랑하는 것은 인간을 사랑하는 것과 얼마나 다르고 얼마나 같은가. 나는 토토라는 강아지만 사랑하는가, 다른 강아지들의 삶은 어떠한가. 또 다른 생명은 어떻게 다루는가, 다루어야 하는가. 이 세계가 인간만의 것인 양 살아도 괜찮은가.

강아지 한 마리를 키우면서 뭘 그렇게까지 복잡하게

생각하느냐고 물을 수도 있다. 그러나 이제 토토는 꿈속에서도 나의 강아지로 등장한다. 처음 토토가 나의 반려견으로 꿈에 나온 날, 잠에서 깨어 내 옆에 잠든 토토를 쓰다듬으며 느꼈던 마음이 떠오른다.

'이제 꿈속에서도 우리는 함께구나.'

나는 정말 토토를 사랑하고 그 사랑이 정확하고 부디 좋은 것이길 바란다. 아마도 나는 토토보다 오래 살 테지만 이 따뜻한 사랑의 기억으로 나의 세계를 좀 더 넓혀보려 애쓸 것이다.

토토, 사랑하는 나의 강아지.

캐롤이라는 히어로

캐롤이는 이제 우리와 산 지 꼬박 4년이 되었다.

토토와 함께 살게 되면서, 사람과 함께 사는 강아지도 있지만 아직 좋은 가족을 만나지 못한, 혹은 그럴 가능성이 점점 희박해지는 강아지들의 삶도 있다는 것을 알게 되었다. 자연스럽게 보호소의 SNS를 구독하기 시작했고, 그러면서 위기의 강아지들을 구조해 입양을 보내는 사람들과 그런 강아지들을 입양한 사람들의 SNS도 접하게 되었다. 그리고 꼭 입양이 아니더라도 강아지들을 위해서 사료를 보내거나 봉사활동을 갈 수도 있고, 좀 더 나아가서 사람들과 함께 사는 법을 익히게 하며 입양 기회를 찾아주는 '임시보호'라는 것이 있다는 것도 알게 되었다. 보호소의 강아지는 사람과 함께 살면 깜짝 놀랄 정도로 예뻐진다. 조금 더 편안한 곳에서 마음 편히 지내다 보면 표정이 바뀐다. SNS 사진 속 모습일 뿐이더라도 나는 그것이 정말 놀랍고 대단해 보인다.

준비하던 영화는 만들어질 듯 말 듯 계속해서 애를 태웠다. 마냥 기다려도 일은 진행되지 않았고, 그렇다고 태평하게 아무것도 안 하면서 지내기는 어려웠다. 다시 말하면 난 늘 종종거리며 집에 있었다. 앞날을 기약하기 어렵다는 것 빼고는 강아지를 임시보호 하기에 매우 적당한 상태였던 것이다. 하지만 이미 나와 남자친구가 따로 살면서 토토라는 강아지 한 마리를 함께 키우고 있던 터라, 남자친구는 토토가 그 상황을 어떻게 받아들일지 걱정했다. 그의 예상으로는 내 성격상 임보를 하면 결국에는 입양을 하게 될 것 같은데, 과연 두 마리를 키울 준비가 되었는지 모르겠다고도 했다. 나는 입양은 하지 않는다고, 그냥 임시로 보호하는 거라고 당당하게 말했다. 아! 나는 나를 정말 모른다.

　매년 늦가을 무렵이면 올해 겨울은 굉장히 추울 것이라는 뉴스를 보며 이번에는 어쩌면 임시보호를 해볼 수 있지 않나 생각했다. 그러다 우연히 캐롤의 사진을 보게 되었다. 개인들이 운영하는, 안락사가 없는 보호소에서 4년 넘게 지낸 검정 강아지가 잠시 실내에 머물다가 다시 보호소로 돌아왔는데 내내 시무룩해 있다고 적혀 있었다. 나는 그런 강아지들 정보를 남자친구에게 보내곤 했는데 늘 무심하던 그가 갑자기 이 강아지를 데려오면 어떻겠느냐고 먼저 물었다. 봉사자와 통화를 하자마자 바로 강아지가 있는 순천으로 내려갔다. 이렇게 성질 급한 사람은 드물었는지 봉사자들은 내가 데리러 온 속도에 놀라면서도 반갑게 맞아주었다. 나와 만나게 하기 위해 캐롤을 목욕시키고 예쁜 옷을 입혀서 기다리고 있었다. 그때 캐롤의 이름은 '다슬기'였는데(동배의 다른 강아지 이름은 '소라'였다) 매우 순하고 사람을 좋아했다.

　나는 토토를 넣고 어디든 갔던 그 배낭을 가져갔다. 소개 글에는 토토보다 가볍다고 되어 있었는데 만나보니 토토보다 몸이 길었다. 처음 타보는 기차 안에서 캐롤이는 많이 불안해했다. 처음 만난 사람이 낯선 가방에 넣어가는 길이었으니 당연했다. 캐롤이가 힘들어하는 게 느껴져서 잠시 꺼내어 안아주기도 했는데(혹시 놓칠까 무서워서 하네스와 가방 연결 끈을 풀지는 못했다) 옆자리에 앉은, 아이를 데리고 여행하는 가족이 내 사정을 짐작했는지 자신들은 괜찮으니 강아지를 잘 달래주라고 했다. 그 친절은 두고두고 기억이 난다.

　서울에 도착하니 토토와 남자친구가 우리를 기다리고 있었다. 처음 만남은 탁 트인 곳이 좋다는 얘기를 들어서 우리가 자주 갔던 공원에서 토토와 캐롤은 첫 인사를 했다. 토토는 늘 그렇듯이 친구를 반겨주었는데도 캐롤이는 이 상황을 조금 무서워했다. 토토 입장에서는 왜 저 친구가 자기 집으로 돌아가지 않는지 이상했겠지만, 최대한 천천히 적응시키려고 애썼다.

캐롤의 이름을 영화 〈캐롤〉에서 따왔냐는 질문을 종
종 받는다. 그 영화를 정말 좋아하긴 하지만 실은 영화
〈캡틴 마블〉의 주인공 캐롤 댄버스에서 따왔다. 검정 강
아지를 꺼리는 사람들도 있다는데, 봉사자들의 좋은 마
음과 의지로 4년 동안 의미 있는 시간을 보내고 우리에
게 왔으니 히어로의 이름을 붙여주고 싶었다.

내가 캐롤을 입양했다고 하자 그때까지 실제로 만난
적은 없지만 늘 SNS에서 보던 다른 강아지 보호자들이
함께 만나 산책하자고 연락해 왔다. 아마도 새로운 강아
지가 와서 얼떨떨한 토토를 위로하고 캐롤을 환영해준
다는 의미였을 것이다. 그 만남들은 진실로 나에게 용기
를 주었다. 캐롤을 사랑할 준비는 되었지만 솔직히 '함께
잘 살 수 있을까' 하며 조금 두려워하던 때였다. 그들과
만나 다정한 격려를 받고 나자 스스로에게 괜찮을 거라
고 말할 수 있었다.

캐롤은 토토와 전혀 성격이 다른 강아지였다. 성견이 되어 입양되어서인지 아니면 원래 성격이 차분한지, 무엇이든 조용히 지켜보는 편이었다. 안쓰러울 정도로 조심스러워하던 모습은 한 달이 지나자 조금 편해졌다. 캐롤이는 겨울의 불광천 산책을 좋아했는데 새롭게 맡게 되는 냄새들로 늘 만족스러워 보였다. 집에서는 있는지 없는지도 모르는 조용한 강아지였지만 산책을 할 때는 개선장군처럼 행진했다.

입양된 강아지들은 초반에는 또 다른 곳으로 옮겨 갈까 눈치를 보느라 얌전하지만 조금 적응이 되면 갑자기 짖기 시작하거나 엉뚱한 곳(사람 기준)에 배변을 하기도 한다. 이제 이곳이 가족이 머무는 자신의 집이라고 여기기 시작해서, 그들을 지키기 위해 짖기도 하고 자신의 의사를 전달하기 위해 이런저런 행동을 해보는 것이라고 한다. 이제 강아지도 이 입양을, 이 사람들을 내 가족으로 받아들인다는 의미다. 그러나 이때의 행동을 이상하다고 여기고 파양하는 경우가 많다고 한다. 인간이라는 존재의 짧은 인내심에 화가 나고 마음이 아프다.

캐롤이 오고 1년 정도는 캐롤의 과거에 대해 자주 상상했다. 토토와 달리 엉덩이를 톡톡 두드려주는 것을 좋아하고 어떤 몸짓은 고양이와 너무도 닮아 있어서 어릴 적 고양이와 함께 지낸 적이 있는 것 같다고 생각했다. 내가 먹는 음식에 큰 관심은 없지만, 유독 계란을 삶으면 부엌을 어슬렁거리며 냄새를 맡았다. 전에 맛있게 먹었던 기억이 있는 모양이었다. 결국 토토도 캐롤 덕분에 계란 흰자를 먹어보았다. 노란색 승합차만 보면 너무 타고 싶어 하는 것이 느껴져서 전에 캐롤이를 돌봐준 봉사자에게 물어보니, 검도장을 운영하는 여성 봉사자가 종종 보호소의 강아지들을 승합차에 태우고 근처 반려견 놀이터에 데려다주곤 했다고 한다. 캐롤이는 기억하고 있구나, 그 차를 타면 좋은 곳에 가서 좋은 사람들을 만나 즐거운 시간을 보낸다는 것을.

우리 모두에게 가장 큰 변화를 가져온 것은 캐롤이 실외 배변을 고집하는 강아지라서 눈이 오나 비가 오나 산책을 하루 두 번 이상 해야 한다는 점이었다. 우산도 무서워해서 비가 오는 날이면 다 같이 비옷을 입고 나가서 함께 걷는다. 입고 벗는 게 귀찮긴 하지만 생각보다 비를 맞으며 걷는 일은 상쾌하다. 물론 젖은 풀숲을 헤치고 강아지 똥을 줍는 것이 흥미진진한 일은 아니지만, 결국 그 풀숲의 똥은 나 같은 사람이 다시 밟게 되므로 기꺼이 줍는다. 강아지 보호자로서 그들의 똥을 확인하는 것만큼 강아지의 안녕을 확실히 알 수 있는 건 없기도 하고.

순천 출신인 캐롤이는 눈을 자주 보지 못했던 것 같다. 처음 눈을 봤을 때 좋아서 뛰어다니는 토토의 모습에 나도 좋아해야 하는 건가 했다가 차가운 느낌에 깜짝 놀라던 표정이 기억난다. 하지만 작년에는 쌓인 눈이 좋아서 토토와 함께 신나게 뛰어다녔다. 강아지가 적응하는 모습을 보는 것은 상상보다 훨씬 기쁘게 다가온다.

외동으로 지내던 토토는 자기보다 한 살 많은 누나에게 자신의 것을 나눠주는 일을 처음엔 조금 힘들어했다.

그렇지만 캐롤은 계속해서 토토를 사랑했다. 그리고 지금 두 강아지는 제법 잘 지내고 있다. 상대방을 계속해서 사랑하는 법을, 그래서 함께 잘 사는 법을 두 보호자도 강아지들에게 배우며 지내고 있다.

무언가 지금, 이루어지고 있다는 감각

시작은 성시연이라는 지휘자의 사진 때문이었다. 그 당시 경기필하모닉의 상임 지휘자로 있던 성시연의 모습을 담은 사진은 이상하게 나의 마음을 사로잡았다. 직접 봐야겠다는 생각이 들었다.

클래식 음악에 예전부터 관심은 있었다. 누구에게나 영화에서 만나는 인상적인 클래식 음악 하나 정도는 있을 것이다. 그렇지만 관련 책을 읽고 CD를 사서 들어도 뭔가 이렇다 할 정확한 매력을 발견하지는 못했다. 클래식 음악에 조예가 깊은 대학 동기에게 조언을 구했을 때, 그 친구는 간단하게 얘기했다.

"돈과 시간을 써야 돼."

돈이 없었던 나는 지레 겁을 먹고 친구의 조언을 제대로 알아듣지 못했다. 그냥 천천히 추천받은 CD를 모았다. 딱 그 정도였다. 사랑에 풍덩 빠지는 순간은 쉽게 오지 않았다.

검색해보니 경기필의 정기 공연은 자주 있지 않았다. 대신 서울시향은 한 달에 두 번 정도 공연을 했다. 두 단체 모두 가장 비싼 표가 얼마인지 몰라도 1만원짜리 좌석은 무조건 있었다. 어떤 도시와 지역의 이름으로 오케스트라가 존재하는 것은 그런 의미일 것이다. 음악을 들을 기회는 시민이라면 누구나, 주머니 사정에 관계 없이 누릴 수 있어야 한다는 것.

그렇게 성시연 지휘자의 전문이라고 하는 말러의 공연을 보게 되었다. 안타깝지만 지금도 말러에 대해 쓸 정도로 조예가 깊지는 않다. 하지만 그때 라이브로 들었던 오케스트라의 소리는 정말 아름다웠다. 내가 제대로 들은 게 맞는지 궁금해서 또 와야겠다고 생각했다. 그 이후로 나는 만원짜리 좌석 중에 제일 좋아하는 자리가 생겼고 가끔은 더 비싼 좌석도 예매해 공연에 가고 있다.

예술의 전당이나 롯데 콘서트홀에서 자주 공연이 있는데, 두 공간은 성격도 조금 다르고 소리도 (문외한인 내가 듣기에도) 조금 다르다. 예술의 전당은 차로 가지 않는다. 남부터미널역에서 공연장으로 걸어가는 길을 좋아한다. 겨울만 아니면 음악에 맞춰 움직이는 분수대와 나들이 나온 사람들의 즐거운 표정을 볼 수 있다. 롯데 콘서트홀은 쇼핑몰 안에 있어서 정신없이 공연장에 올라가지만, 테라스에서 잠시 숨을 고를 수 있다. 매번 조금 일찍 가서 근처 식당에서 밥을 먹고 티켓을 찾은 후 서울시향에서 발행하는 월간지를 구입한다. 그달에 하는 공연에 대한 설명이 자세하게 나와 있다. 보통은 세 작품 정도를 100분 안에 연주하고 중간에 인터미션이 한 번 있다. 자리에 앉아서 오늘의 오케스트라 규모를 살펴본다.

나는 오케스트라가 무대를 가득 채우는 공연을 좋아한다. 가만히 앉아서 소리를 듣는다. 그 소리는 점차 음악이 된다. 음악은 시간과 함께 흘러가며 사라진다. 곡의 성격과 상관없이 이렇게 집중하는 과정이 매우 평화롭고 편안하게 이어진다.(어떤 이의 연주가 좋다 나쁘다 평가하는 공연 후기도 있지만, 사실 나는 그 정도를 판단하지 못한다.) 아주 예민한 연주자는 핸드폰 소리가 울리거나 하면 연주를 멈춘다고 하니 함께 듣는 사람들이 집중하기를, 집중할 수 있게 공연 전에 준비하기를 바라긴 한다.

이쯤에서 부끄러운 고백을 하나 하자면, 예전에 미친 듯이 각종 공연을 보러 다닐 때 함께 보는 사람들의 행동에 예민했던 적이 있다. 어쩌면 그 무렵 나는 공연을 보지 않으면 중요한 무언가를 놓칠까 봐 조바심을 냈던 것 같다. 돈도 시간도 무리를 해서 보고 있었던 건지도 모르겠다. 그러다 알게 되었다. 까탈스럽게 옆 사람들에 대해 불평하고 괴로워하는 나는 이 공연에 집중하지 않는구나, 이곳에서 행복하지 않구나, 심지어 즐겁게 보는 다른 사람들의 모습조차 감당하지 못하는구나. 도대체 나는 왜 보는가. 그런 생각이 들어 한동안 공연을 보러 가지 않았다.

물론 내 옆자리 관객이 불쾌한 사람일 수도 있다. 그러나 대부분은 공연장에 기쁜 마음으로, 들뜬 마음으로 온다. 그리고 각자의 방식으로 공연을 감상한다. 오늘의 공연은 누군가에게는 평생 처음일 수도 있고, 누군가는 어제 본 공연을 다시 볼 수도 있다. 누가 실수하고 민폐 끼치고 싶겠나. 나 역시 누군가에게 나쁜 관객이 아니길 바랄 뿐.

서울시향의 공연은 독립한 이후 엄마와 막내 이모와 함께 보는 편이다. 집이 아닌 장소에서 가족을 만나면 느낌이 새롭다. 억지로 대화하지 않아도 되고, 돌아오는 길에 공연에 대해 이런저런 것들을 나누는 재미도 쏠쏠하다. 때때로 혼자서도 간다. 클래식 공연의 좋은 점이 혼자 오는 사람도 많다는 것이다. 원래 공연장 의자는 1인용이니까.

오늘 연주가 좋았다고 해도 나 같은 문외한은 어떤 점이 왜 좋았는지는 잘 모른다. 아주 오래전에 작곡가가 나의 취향에 딱 맞는 작품을 만들어놓았을 수도 있고, 오케스트라 연주자들이 매우 열심히 연습한 결과일 수도 있고, 지휘자와 협연자가 이 곡과 딱 맞는 사람일 수도 있고, 또는 오늘 내 상태에 이 곡이 필요했을 수도 있다. 오늘 연주된 작품명만 제대로 안다면 언제든 그 곡을 찾아들을 수 있다. 앞으로 좋아하는 곡이 될지는 찬찬히 두고 보면 된다.

또 생각한다. 오래전 만들어진 이 작품은 지금까지 몇 번이나 연주되었을까. 영화는 완성된 후에 반복되는 운명으로, 만드는 행위 자체는 자주 반복되지 않는다. 리메이크 되는 경우가 있긴 하지만 그조차 기존과 다른 시나리오로 찍힌다. 하지만 클래식 음악은 같은 악보를 가지고 반복하는 연주 자체가 매번 결과물이 된다. 보통의 공연은 뭔가 남기기 위해서가 아니라 그 순간을 위해서 존재한다. 그리고 관객들의 기억 속에만 남아 있게 된다. 그러니 그 한 번의 순간을 라이브로 들을 수 있는 기회가 있다면 왜 가서 듣지 않겠는가.

어느 날 우연히 성시연이라는 지휘자가 나에게 건넨 호기심이 지금은 내가 꽤 의지하는, 마음에 힘이 되는 취미가 되었다.

뭐든 그렇겠지만 영원한 것은 없을 테고 이런 나의 마음이 사그라들기 전까지는 오케스트라 연주를 직접 찾아가 듣는 호사를 기꺼이, 열심히 누릴 것이다.

나를 먹이는 일

나를 먹이는 일, 독립한 이후에 가장 몰두했던 것이다.
30대 초반까지 부모님과 함께 살다가 독립했기 때문에
그전까지는 잘 먹고 다닌 편이다. 그러다 보니 입맛도 그
에 맞춰져서 혼자 살기 시작하고도 집에서 밥을 해 먹는
일이 많았다. 배달 음식은 간도 세고 일회용 쓰레기도 많
이 나와서 꺼려졌다. 매번 같은 음식을 먹는 것도 쉽지
않아 새로운 요리에 호기심을 가지고 이런저런 시도를
많이 해보았다. 지금 생각하면 첫 집의 작은 부엌에서,

한 구짜리 인덕션으로도 꽤 많은 음식을 해 먹었다.

첫 집은 냉장고도 작은 편이라 많은 것을 사두거나 보관하기 어려웠다. 그 시절 돈보다 시간이 많았던 나는 자주 장을 보러 갔다. 대형 마트도 근처에 있었지만 시장을 더 좋아했다. 시장 구경은 정말 재미났다. 한 번만 돌아보면 더 저렴하고 좋은 것들이 눈에 들어왔다. 그건 바로 제철 재료였다.

처음에는 제철 과일 정도를 구매했지만 점점 범위가 제철 야채, 제철 해산물까지 넓어졌다. 인터넷에 검색만 해도 이번 달에 나는 제철 식재료를 알 수 있지만 시장 입구에 가면 여기저기에서 바로 알아볼 수 있었다. 그 식재료가 자연스럽게 나오는 시절이니 영양도 높고 맛도 있을 것이고, 게다가 가격은 싸니 살 수밖에. 호기심이 많은 편인 나는 모르던 야채나 과일이 있으면 어떻게 먹는지 사장님께 물어봤다. 쭈뼛거리면서 물어봐도 다양한 방법들을 잘 알려주었다.

지금은 거꾸로 계절을 기다리며 먹고 싶은 재료들을 그려본다. 봄이 오면 두릅을 기다리고, 여름이 오기 전에 복숭아를 상상하고, 가을에 홍가리비를 주문해서 함께 먹을 친구들을 떠올린다. 그러다 보니 재료들에 대한 관심도 많아졌다. 어디서 어떻게 자라 나에게 오는가.

나는 복숭아를 정말 좋아한다. 종류를 가리지 않기 때문에 딱복(딱딱한 복숭아)인지 물복(말랑한 복숭아)인지는 의미가 없다. 그런데 복숭아는 실패하면 안 되는 비싼 과일이기 때문에 매번 고심하며 사게 된다. 그러다 SNS에서 복숭아 농장에 직접 주문하는 방식이 있다는 걸 알고 그 복숭아 생산자의 계정을 팔로우했다. 거기서 내가 먹는 여름이 되기까지 얼마나 애쓰면서 농사를 짓는지 그 과정과 태도를 들여다볼 수 있었다. 얼마나 많은 위기를 겪는지, 특히 기온이 갑자기 떨어지거나 태풍이 불거나 하는 통제 불가능한 위기도 셀 수 없이 닥치는지 알게 되었다. 그러고 나니 원래도 예쁜 복숭아였지만 이제 그 모양 하나하나가 더 귀해 보였고, 가끔 못생긴 복숭아를 봐도 어떤 고난을 거치고 열심히 자라 나에게 왔는지 알 것 같아 감사하며 먹게 되었다. 그러니까 복숭아는 단순히 돈을 주고 사는 상품이 아니라, 누군가 정성을 다해 키워서 나에게 보내준 '그 사람의 1년'인 것이다. 먹고 나면 기운을 낼 수밖에 없다.

사실 나는 손이 큰 편이다.(안 고쳐진다.)

물론 망한 음식을 감당해야 하는 것도 나 혼자여서 곤혹스러울 때도 있었으나 그럴수록 좀 더 연구해서 좋은 결과를 얻겠노라 다짐했다. 한마디로, 요리를 하지 않는 건 선택지에 없었다. 양이 많은 야채는 피클을 담가두기도 했다. 다행히 식초는 저렴했다. 유리병에 담아서 밥해 먹는 친구들에게 선물해도 환영받았다. 바쁜 철이 되면 매끼 밥을 하기는 어려우니 카레나 수프같이 한 번에 많이 할 수 있고 보관도 용이한 메뉴를 연구했다.

냉장고 속을 아는 것.

나는 언제 만들어질지 모르는 영화를 준비하고 있었

고, 그래서 쉽게 지치지 않도록 주변을 잘 유지하고 싶었다. 경제적으로도 정신적으로도 나를 잘 관리하는 법을 알고 싶었다. 그래서 냉장고는 중요했다. 나를 배고프게 두지 않는 것, 허겁지겁 먹지 않게 하는 것. 나는 스트레스를 받으면 위산이 나오는 게 느껴질 정도로 위가 약한 편인 데다, 언제든 촬영하러 나갈 수 있는 상태로 있는 것이 중요했다. 그래서 지금도 늘 쌀, 계란, 양파, 멸균 우유, 냉동 새우같이 내가 좋아하는 재료는 떨어지지 않게 확인한다.

바쁘지 않은데 냉장고와 책상이 더럽다면 정신 차려야 하는 타이밍이다. 그래서 냉장고도 양문형을 사지 않았다. 지금도 상해서 버리는 재료들이 종종 있는데 더 많이 넣을 수 있다면… 아, 생각하고 싶지 않다. 오히려 필요한 것을 자주 점검하고 사러 가자고 마음먹는다. 쌓아두고 잊어버리지 말자.

나는 손을 쓰는 것을 좋아한다.

마음이 복잡하면 오히려 손을 썼는데, 가장 쉬운 것이

요리였다. 사실 영화는 만들고 싶다 해도 내가 원할 때 원하는 방식으로 만들 수 없게 마련이고, 그 결과 역시도 알 수 없다. 그러나 요리는 다르다. 당근을 넣으면 당근 맛, 감자를 넣으면 감자 맛을 기대할 수 있는데, 이 단순한 과정은 나에게 안정감을 주었다. 게다가 잘하면, 혹은 좋은 조합을 만나면 원래 아는 감자 맛이지만 굉장히 새로운 질감, 맛, 향이 나올 수 있으니 만족감까지 안겨주었다. 그리고 무엇보다 좋은 음식을 먹고 나면 허기진 마음이 조금 달래졌다.

지금도 간으로 승부하는 음식은 자신이 없다. 오히려 그냥 재료들을 냅다 넣고 오래 끓이는 음식이 더 맞는 편이다. 그래서 카레나 포토푀, 삼계탕 같은 음식을 가장 많이 해 먹었던 것 같다. 자주 하는 음식일수록 냉장고에 있는 재료에 맞춰 이것저것 시도해서 같은 맛이 난 적은 한 번도 없었다.

요즘에도 무언가의 결과를 초조하게 기다릴 때, 혹은 일이 마음에 들지 않게 돌아가는데 당장 할 수 있는 것은 없을 때, 나는 시장이나 슈퍼에 가서 구석구석을 돌아다닌다. 그런 다음 오래오래 무언가를 끓이면서 중간중간 맛을 보고 재료를 첨가하거나 물을 더 붓고 기다린다. 아주 가끔 입맛까지 없는 슬픈 시기도 있으나 보통은 맛있게 먹는다. 이렇게 한 끼를 잘 먹고 나면 밥값을 해야 한다는 마음이 생긴다.

요즘 사랑에 빠진 것은 병아리콩과 렌틸콩이다.

렌틸콩은 바둑돌처럼 생겼지만 작은 편이라 따로 불리지 않아도 되고, 병아리콩은 자기 전에 불려두어야 한다. 그러니까 병아리콩은 내가 다음 날까지 계산할 수 있을 때만 먹을 수 있는 것이다. 바쁘게 보내는 날 중에 하루 쉬는 일이 있다면 나는 그날을 기다려서 병아리콩을 불릴 것이다.

오늘도 여전히 나는, 내일의 나를 잘 먹이고 있다.

내가 믿는 것

우리는 태어난 것을 기뻐해야 할까.

  나는 종교가 없다. 그러나 무언가를 믿는 마음, 믿음을 표현하는 행위에는 늘 관심이 많았다. 각각의 종교에서 말하는 신이 존재하는지는 여전히 의심스럽지만, 인간은 왜 태어나고 죽는지, 이런 식의 세상은 왜 만들어졌는지 궁금해하는 나에게 다양한 종교들이 그것을 설명하는 방식은 매우 흥미로웠다. 어쩌면 종교란 가장 오랫동안, 가장 강렬하게 사람들의 마음을 사로잡은 이야기가 아닌가. 누군가의 마음을 얻는 것은 영화를 만드는 나의 일과도 연결되어 있다고 생각한다.

부모님 역시 종교가 없지만 나와 동생이 종교를 가진다 해도 각자의 선택이라고 생각했을 것이다. 내가 제일 먼저 접한 종교는 불교였다. 독실한 불교 신자였던 할머니도 다른 사람들이 자신과 같은 종교를 믿도록 강요하는 성격이 아니었다. 가끔 내가 졸라서 할머니를 따라 절에 가곤 했다. 절의 사천왕상도 무섭지 않은 데다 조용한 장소를 좋아했기 때문에 그곳이 제법 마음에 들었다. 스님의 목탁 소리에 맞춰 열심히 절을 하는 사람들도 눈여겨보았다. 그들의 종교에 대해서는 잘 알지 못했지만 머리를 조아리며 무언가를 간절히 기도하는 그 모습은 오랫동안 기억에 남아 있다.

초등학교 3학년 때 제일 친했던 친구가 성당을 다녔다. 토요일 오후에 놀이터에서 같이 신나게 놀다가 갑자

112

기 성당이라는 데에 꼭 가야 한다고 해서 따라가봤다. 처음 보는 광경에 나는 조금 흥분했던 것 같다. 친구는 세례를 받았기 때문에 성체를 받으러 나갔는데 나도 해보고 싶어서 따라 나갔다가 수녀님한테 걸려서 혼이 났다. 당시 천주교에 대해 아무런 지식이 없던 나에게는 이 의식들이 멋져 보였다. 세례를 받으면 어떤 '자격'이 생긴다는 점도 흥미로웠다. 옆 사람들에게 '평화를 빕니다'라는 인사를 듣고 집에 와서 엄마에게 그 뜻을 물어보기도 했다.

고등학교와 대학교는 기독교 재단이 운영하는 학교에 다녔다. 입학 요건에 종교는 상관이 없었지만 일주일에 한 번 예배 시간에는 참석해야 했다. 딱히 거부감은 없었고, 체벌이 없는 학교 원칙이 좋았다. 고등학교 때 연극부였는데, 1년에 한 번 하는 연극 발표회를 그 예배 시간에 했다. 학교 예배당을 연습실이자 극장으로 써서 친근했다. 같은 반 친구들을 위해 기도해주는 기도 모임도 있었다. 지난번 시험 결과가 실망스러워서 도망치고 싶은 때가 있었는데 그 친구들이 나를 위해 '점수가 잘 나오게 해주세요' 하는 기도가 아니라 '왜 공부하는지 잊지 않도록 해주세요'라는 기도를 해주었다. 그들이 믿는 대로 행동하며 살고자 하는 모습이 인상적이었다.

그리고 현재의 나. 지금은 종교의 이름으로 저질러지는 범죄 혹은 범죄에 가까운 행위들도 많다는 것을 알고 있다. 누군가의 믿는 마음, 믿고 싶은 마음을 이용한 범죄는 극단으로 가지 않는 이상 드러나기도 쉽지 않다. 종교와 관련된 범죄가 더 잔인하고 나쁘게 느껴지는 이유이기도 하다. 자신들의 종교를 기준으로 누군가를 차별하고 소외시키는 것도 흔히 본다. 대부분의 종교가 가장 많이 이야기하는 것이 사랑이라는 걸 생각하면 슬픈 일이다.

무언가를 믿고 싶은 마음은 세상을 이해하고 싶은 마음이라고 생각한다.

나는 왜 태어났는가, 나의 삶은 왜 이러한가, 어떻게 하면 더 좋게 바꿀 수 있을까 하는 당연한 욕구와도 이어진다. 나는 여전히 신이 있는지 없는지 잘 모르겠다. 하지만 신이 있다면 어떤 존재일까 생각해본다. 단순하게 설명된다면 얼마나 쉽고 매혹적인가. 혹은 나만 특별하고 선택받은 무엇이라는 얘기는 얼마나 솔깃한가. 그럴 리 없기 때문에 우리는 그 마음에 대해 생각해야 한다. 그리고 그 마음으로부터 이어지는 행동을 살펴야 한다. 나는 무엇을 믿는가, 내가 믿는 것은 나의 어떤 마음이며, 그 마음은 왜 움직이고 어떻게 행동과 연결되는가.

우리 집은 제사를 지낸다. 할아버지 기일에 맞춰 할머니와 할아버지 제사를 함께 지낸다. 그렇다고 그 날짜에 조상의 영혼이 우리 집에 찾아온다고 생각하지는 않는다.

나는 자라는 동안 집에서는 남녀 차별적 상황을 겪어보지 않았다. 부모님은 물론이고 조부모님들 역시 마찬가지였다. 외할아버지는 남녀 모두 공부해야 한다고 생각하는 분이었고, 친할머니도 돌아가시기 전까지 아버지에게 도움을 받아서라도 하고 싶은 것을 하라고 얘기하는 분이었다. 그러나 모두가 알듯이 제사라는 행사는 보통 그 집의 며느리들이 애써야 하는, 매우 가부장적인 일이다. 절하는 시간은 10분도 채 안 걸리지만, 제사 음식은 재료를 사서 만드는 것까지 일주일은 준비해야 한다. 아버지는 평소에도 집안일을 자신의 일이라 생각하지 않는 분이다. 엄마는 자신의 대에서 이 행사를 마치겠다 생각하면서 어느 나이까지는 본인이 감당하겠다고 했다. 그래서인지 자식들이 준비에 적극적으로 참여하는 것도 원치 않았다. 주말로 날짜를 옮길 수도 없는 제사라는 행사는, 결국 김 씨 며느리의 노동으로 이루어져 아버지와 그다음 자손까지, 박 씨 집안에 이어지고 있다.

제사는 왜 생겼을까. 당연히 사회적, 역사적 근거가 있겠으나 내 멋대로 생각해본다. 옛날 사람들은 가족과 가까이 살았지만 수명은 지금보다 짧았으니까 누군가 돌아가시면 그리운 순간이 더 많았을 것이다. 매일 그리워하며 울 수는 없지만 정해둔 행사가 있다면 울고 웃고 맛있는 것을 먹으며 마음껏 생각할 수 있지 않았을까.

사실 나의 할머니는 앞서 말했듯이 불교 신자였기 때문에 유교식 제사보다는 불교식으로 접근해 환생에 대해 이야기하는 것을 더 원할지도 모르겠다. 그래서《티벳 사자의 서》를 읽으면서 할머니의 다음 생에 대해서 생각해본 적이 있다. 할아버지, 할머니를 그리워하는 행사는 기꺼이 준비하고 참여하겠지만 왜 꼭 제사라는 형식으로 해야 할까. 이것은 유교라는 종교의 행사인가, 그렇다면 내 아버지의 종교는 유교인가. 참여하는 나는 어떠한가.

제사와 마찬가지로, 한국에 있는 많은 종교가 여성 평신도들의 노동력으로 돌아간다고 생각한다. 교회의 새벽 예배에 간식을 준비하는 사람도, 천주교에서 김장 봉사를 하는 사람도, 절에서 불당을 청소하는 사람도 대부분 여성 평신도인 것을 익히 보아왔다. 그러나 종교 안에서 여성의 위치는 어떠한가.

2022년 튀르키예에 갔었다. 2020년 영화 후반작업 중에 결혼을 했고, 한창 코로나 시국이라 결혼식을 안 해도 되는 장점이 있었으나 신혼여행 역시 가지 못했다. 그러다 2년이 지나서 해외여행이 가까스로 시작되었을 때 튀르키예를 배경으로 하는 영화를 만들어보지 않겠느냐는 제안을 받았다. 가보지 않은 나라여서 일단 가겠다고 했다. 그래서 그곳으로 남편과 함께 여행을 가게 되었다. 몇몇 인상적인 풍경 사진 말고는 아는 것이 없어서 급히 책을 몇 권 읽고 떠났다. 튀르키예는 넓은 나라이기 때문에 원하는 곳을 다 갈 수는 없었고, 서쪽 위주로 카파도키아, 안탈리아, 파묵칼레, 셀추크, 보드룸, 이스탄불만 가보기로 했다.

처음 하는 이슬람 지역으로의 여행이었다. 가장 인상적인 것은 하루에도 몇 번씩 울리는 기도 소리, 아잔이었다. 모두 라이브라는데 며칠 지나니 금세 적응이 되었다. 도둑이나 강도가 범죄를 저지르다가도 아잔 소리에 멈출 것 같다는 생각이 들었다.

머무는 동안 만난 모든 사람들이 친절했고, 심지어 다

정했다. 제일 좋았던 것은 고양이와 강아지가 길에서 평안하게 지나다니는 것이었다. 지자체에서 관리하는지 귀에 태그가 붙어 있기도 했다. 더운 날씨였지만 골목마다 사료와 물이 놓여 있었다. 이곳에서 함께 살아가니 자신들이 당연히 돌봐야 한다는 느낌이었다. 카파도키아의 호텔 사장 말로는 이스탄불 같은 대도시는 모르겠지만 튀르키예 어디든 문을 두드리고 밥을 달라거나 잠을 재워달라고 하면 아마 다 해줄 것이라고 했다. 이슬람에서 손님은 신이 보낸 선물이라고 하면서. 시도해보진 않았지만 믿을 만한 말이었다.

다녀와서 이슬람 종교에 대한 책과 튀르키예 역사에 대한 책을 읽었다. 내가 그곳에서 겪은 일들을 더 깊이 이해하고 싶었다. 이슬람 문화권의 한 나라를 방문해 3주 동안 몇몇 도시를 돌아다녔을 뿐이다. 그렇지만 거기엔 인상적인 환대가 있었다.

이렇게 표현하면 이상하지만 여행하는 내내 내가 단지 사람이기 때문에, 처음 보는 사이지만 친절을 베풀고

의심 없이 나를 신뢰해주었다. 도움을 요청하면 흔쾌히 할 수 있는 만큼 돕겠다는 인상이었다. 너무 당연한 얘기 같지만 사실 나는 최근 한국에서는 이런 느낌을 거의 받아보지 못했다. 말로만 듣던 인류애를 일대일로 경험했달까. 너무나 생경한 경험이라 남편과 나는 이들의 친절과 신뢰가 이슬람이라는 종교에서 오는지, 식민지를 겪지 않은 이 나라의 역사에서 오는지, 아니면 우리가 돈을 쓰는 여행자이기 때문인지에 대해 한참 대화를 나눴다.

가기 전에는 이슬람 문화권에서 존재하는 성차별적인 요소들이 신경 쓰였다. 그래도 튀르키예는 여성이 히잡을 쓰는 것이 개인 의사로 결정되는 곳이어서(정교분리 국가로 만든 무스타파 케말 아타튀르크의 공적이다) 짧은 여행 동안 딱히 불쾌한 장면은 없었다. 그러나 돌아와서 튀르키예를 여행한 여자 친구와 만났는데, 싱글 여성 둘이 했던 여행에서는 다 좋았으나 길거리에서 겪는 캣콜링이 너무 힘들었다고 했다. 아, 나는 남편이 있는 여자라서 당하지 않았던 것이다. 세상에, 이렇게 차별적일 수가. 혼란스러웠다.

언젠가 이슬람 문화권의 다른 곳을 여행할 기회가 생긴다면 꼭 다시 가볼 것이다. 그리고 그땐, 조금 더 섬세한 눈으로 경험하려고 준비해 갈 것이다. 국민 대다수가 믿는 종교가 있는 나라에서 그 종교의 교리가 사람들의 삶에 얼마나 영향을 주는지 더 자세히 알고 싶다. 그런 나의 모습을 보면서 가톨릭 신자인 남편은 어쩌면 내가 자신보다 더 종교적인 인간일지 모른다고 했다.

매년 생일이 돌아올 때마다 그날을 축하하는 것이 좀 쑥스러웠다. 태어난 것은 정말 기쁜 일일까, 태어났으니 열심히 살고는 있지만 어떻게 될지 알 수 없는 인생은 내가 정말 원한 것일까, 그날을 어떻게 축하하는 것이 좋을까. 어릴 때는 내가 태어날 만했다는 증거를 갖고 싶었다. 태어난 의미를 알면 좀 더 잘 살 수 있을 것 같았다. 그렇지만 그 의미를 찾고 나서 움직이기엔 평범한 사람의 인생은 너무나 빨리 흘러갔고, 살아가면서 찾아보는 수밖에 없다는 걸 이제는 받아들였다.

나는 특별해서 태어난 것은 아니지만 태어나보니 고유한 존재라는 것, 그리고 다른 사람들 역시 그러하다는 사실만으로도 우리는 서로에게 친절해야 하는지도 모른다. 어떤 신도 믿지 않지만 종교에서 말하는 사랑은 믿는다. 그 사랑에 대한 해석은 사람마다 다를 테고, 나 역시 그게 어떤 것인지 사는 동안 천천히 잘 생각해볼 것이다.

일단 지금은, 그것이 내가 믿는 것이다.

모순적이지만 (신을) 믿지 않으면서 (믿는 사람들의 마음을) 믿는 사람.

산책의 기쁨, 걷는다는 행운

예전부터 어디든 걸어다니는 것을 좋아했다.

강아지와 함께 걷는 것은 조금 다르다. 그래도 가장 좋아
하는 일이라는 사실에는 변함이 없다.

강아지 두 마리와 함께 살고 있다. 강아지와 걸을 때는
배변 봉투와 간식, 접히는 물그릇이 담긴 작은 가방을 메
고 나간다. 두 마리 중 늦게 입양한 강아지가 실외 배변
만 한다. 입양 당시 이미 네 살 추정의 성견이라 갑작스

러운 실내 배변 훈련이 우리 집에 적응하는 데 방해가 될 수도 있기에 좀 더 지켜보자 하며 그렇게 4년이 흘렀다. 지금은 최대한 자주 나가고 최소 하루 두 번의 산책을 원칙으로 하고 있다. 맑은 날 기준으로 보통 해가 있을 때 한 번, 해가 진 다음에 한 번이다. 낮 산책은 최대한 느긋하게 하려고 한다. 특히 추운 겨울에는 해가 있을 때 그나마 오래 돌아다닌다.(밤에는 동상의 우려가 있어서 짧게 하는 것을 권장한다.)

아스팔트 위를 걸어도 지금 어떤 계절에 머물러 있는지, 다음 계절은 어떤 속도로 올 것인지 알 수 있다. 길가의 나무들, 걸어가는 사람들의 옷차림, 지나가는 바람까지 매일매일이 다르다.

강아지와 산책을 한다는 것은 길에 뭔가 떨어진 게 없는지 계속 확인해야 한다는 뜻이기도 하다. 놀랍게도 길에는 아주 많은 것들이 떨어져 있다. 감나무 밑에는 당연하게도 감이 떨어져 있고 동백나무 아래에는 동백꽃이 떨어져 있다. 문제는 겉으로 봐서는 알 수 없는 것이나 길가 풀숲에 숨겨진 음식물인데, 강아지는 후각이 뛰어나기 때문에 내가 눈치채기도 전에 집어삼킬 수 있다. 삼킨 다음에는 그것이 무엇인지 영원히 알아낼 수 없다. 내가 재빨리 호통쳐서 뱉어낸 것 중에는 진미채로 추정되는 오징어류, 누군가 먹다 버린 소시지와 껍질, 강아지에게는 치명적인 초콜릿도 있었다. 살이 잘 발려진 치킨 뼈를 발견하고, 설마 걸어가면서 먹다가 버렸을까 생각했던 적도 있다. 그런데 동네 까마귀들이 뭔가를 물고 날아올랐다가 후드득 떨어뜨리는 것을 보니 수수께끼가 풀리는 듯했다.

두 강아지에겐 각자 다르게 배변의 징후를 보이는 몸짓이 있다. 그것을 알아채는 것도 산책의 중요한 과정이다. 두 강아지가 선호하는 땅의 상태가 있다는 게 보호자로서는 흥미로운 지점이지만 길게 설명하진 않겠다. 강아지 똥을 줍는 것, 그리고 그 상태를 들여다보는 일 역시 매우 중요하다. 그렇지만 똥을 줍지 않는 보호자들도 존재한다. 사실 그런 인간을 실제로 본 적이 없는데 주워가지 않은 강아지 똥은 많이 본다. 왜 줍지 않는지 오래 고민해봤지만 그게 무슨 소용이겠나. 요즘은 부디 안 줍는 사람들이 강아지 똥을 밟기를 바랄 뿐이다.

어린이들이 모두 학교에 간 시간, 텅 빈 놀이터를 지나가기도 하고 운이 좋으면 강아지를 반겨주는 아이들을 만나기도 한다. 강아지를 무서워하는 아이들은 다행히도 내가 쉽게 알아볼 수 있다. 일부러 안녕하세요, 하고 인사하면서 어린이 쪽에서 최대한 멀리 떨어져 얼른 지나간다. 그러면 아이들은 강아지가 나에게 참 소중한 존재라는 것을 잘 알아보고 무서워하지만 싫어하는 건 아니라는 표시를 꼭 해준다. 그리고 강아지가 귀엽다 같은 칭찬을 나에게 들리게 건넨다. 세상에, 이렇게 다정하고 소중한 마음이라니.

매번 깨진 병 조각이 있는 전봇대를 피해 가거나, 집 안에 묶여서 지나가는 누군가를 향해 내내 짖기만 하는 강아지의 소리를 듣기도 하면서, 낮 산책은 늘 계획보다 조금 오래 하게 된다.

밤 산책은 좀 더 집중을 요한다. 5~6킬로그램대의 그리 크지 않은 강아지들이지만(내 기준에서) 두 마리 모두 검은색이라 밤에 예상치 못하게 만나면 사람들이 놀랄 수도 있어서 최대한 산책에만 집중하는 편이다. 게다가 강아지의 사회성은 사람인 내가 예측하기는 쉽지 않아 어떤 날은 다른 강아지를 만나도 반갑게 인사하거나 무시하고 지나치지만, 어떤 날은 아주 작정한 듯 크게 짖기도 해서 주변을 세심히 살펴야 한다. 그렇지만 또 산책이라는 것이 온전히 집중된 상태로만 진행되지는 않아서, 덕분에 나는 강아지의 발걸음을 따라 밤에만 발견되는 것들을 만나게 된다.

밤의 놀이터에 가면 누군가가 두고 간 물건이 언제나 벤치에 놓여 있다. 다른 데라면 술 취한 사람들이 놓고 갔나 할 텐데 누가 봐도 어린이의 물건들이다. 책가방이 통째로 있기도 하고, 실내화 두 짝 혹은 한 짝, 물통, 점퍼 등 결코 일부러 버린 것이 아닌, 어떤 어린이의 소중한 물건이 놓여 있다. 정말 즐거운 놀이 때문에 깜박 잊은 모양이다. 재미있는 것은, 어린이들이 잊지 않고 찾으러 오는지 다음 날엔 언제나 사라져 있다.

때론 누군가 공을 들인 게 분명한, 비슷한 크기의 돌멩이와 풀, 꽃이 나뭇잎 그릇 속에 예쁘게 놓여 있다. 어린이가 차린 밥상이었을까, 아니면 다른 누군가의 소중한 무엇이었을까.

늘 비슷한 시간에 어린이용 그네를 진지하게 타는 커다란 남학생이 있었는데, 아마도 고3이었는지 작년 가을 이후로 보이지 않는다. 처음에는 자기 덩치도 모르고 아이들 그네를 타는 건가 한심해하기도 했지만, 매일 그러고 있는 것을 보면 그 남학생도 자라는 중이겠지, 그네를 타면서 다스릴 마음이 있나 보다 하게 되었다. 부디 소망하는 것을 이루었기를, 못 이루었더라도 길게 슬퍼하진 않았기를.

여기까지만 보면 내가 몹시 너그러운 사람 같지만 사실은 산책 중에 만나는 흡연자(제발 서서 피워주세요, 제가 지나갈게요), 노상방뇨 하는 취객(풀숲에 숨었다고 생각했는지 모르지만 너무 잘 보입니다), 맥주와 과자를 벤치에서 먹고 그대로 쓰레기를 두고 가는 사람(낭만적인 시간이었겠지, 이 비도덕적인 인간들아), 아무리 공터여도 차도 옆인데 목줄을 풀어주는 강아지 보호자(미쳤나 봐!) 등등으로 인해 화를 내려고만 하면 내내 그럴 수도 있다. 그렇지만 산책이라는 것은 예측하기 어려워 매력적이고, 운이 좋은 날도 나쁜 날도 있는 것이다.

그냥 원하는 산책을 매일매일 할 수 있다는 것, 한다는 것이 중요하다.

아, 제일 중요한 사실. 강아지들도 나처럼 산책을 무척 좋아한다. 왜 아니겠나. 가고 싶은 곳으로 가서, 새롭거나 익숙한 냄새를 맡고 자신의 존재를 표시하는 일은 사람이나 동물이나 예외 없이 필요하다. 그것은 운이 좋고 나쁜 것에 기댈 일이 아니다.

이 글을 쓸 때는 2023년 새해가 막 밝은 무렵이라 우리는 서로의 복을 빌어주었다. 또 새로운 한 해를 살아가다 보면 좋고 나쁜 일들이 섞여 있겠으나 그사이에 작더라도 괜찮은 행운, 그러니까 복이 있어 무탈하게 하루하루 지내기를 바라는 마음을 서로에게 전하고 스스로에게도 전했을 것이다.

작년 말부터 전장연(전국장애인차별철폐연대)의 시위가 계속 이어졌다. 무심하고 싶어도 서울교통공사에서 계속해서 '안전 안내 문자'를 보내주어 모른 척할 수가 없었다. 두 다리로 걷는다는 행운으로, 아직 휠체어를 타지 않았다는 이유로, 쉽게 지하철을, 버스를, 택시를 탈 수 있는데, 누군가는 그것을 위해 전쟁을 치러야 한다는 사실은 매우 불공평하며 부당하다고 생각한다. 비장애인이 그러하듯 장애인이 이동에 대한 권리를 보장받기를 원한다.

당연한 것들이 당연히 이루어지기를 바란다. 많은 사람들이 다 같이 마음을 모아 바라면 이루어지지 않을 리 없다고 믿는다.

새해는 훌쩍 지나갔지만,

그래도 여전히, 모두들 남은 한 해 복 많이 받으시길.

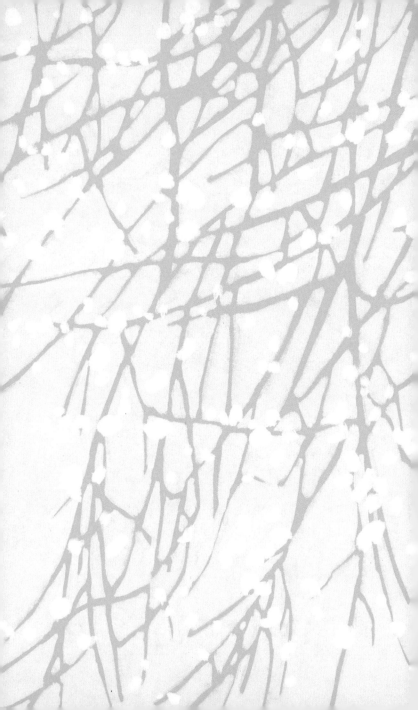

3부

다음으로   가 는   마 음

무엇이 '되길' 바라는 마음도 좋지만
어쩌면 그것이 가장 나를 절망하게 만드는
마음이었다.

욕망이라는 이름의 친구

20대의 나는 '욕망'이 나쁘다고 생각했다.

지금 생각해보면 아마도 재능 때문이었던 것 같다. 그때는 내가 마음에 들지 않았다. 다들 비슷하겠지만 '내가 바라는 나'와 '실제의 나'는 간극이 컸다.

나는 내가 어떤 사람인지 (되도록 정확하게) 알고 싶었는데, 눈부신 재능을 가지고 있지 않다는 정도는 다행히 제법 빨리 알 수 있었다. 그러나 뭔가 (대단한 걸) 만들어

보고 싶은 마음은 쉽게 사라지지 않았다. 나에게 없는 재능을 가진 사람들은 존재만으로도 나를 주눅 들게 했다. 그들에게 욕망 같은 건 없어 보였다. 재능을 닮기는 너무 어려웠기 때문에 욕망하지 않는 모습 정도는 따라 해보고 싶었는지도 모른다. 인생 처음으로 정말 좋아하는 것이 생겼는데, 내가 자격이 있었으면, 내가 눈치채지 못한 나의 재능을 누군가 발견해줬으면 하고 바랐다. 그렇지만 재능이 모자라는 것도 서러운데 그걸 알지도 못하는 바보는 아니었으면 싶기도 했다.

재능이 있다는 증거를 찾아 헤맸지만 동시에 내게 아무것도 없다는 사실을 남들에게 들킬까 바빠 돌아다녔다. 어쩌다 나에게 관심을 보인 사람이 있었지만, 나의 허세가 안타까운 사람이거나, 나의 불안에서 어린 시절 자신을 보는 사람이거나, 그것도 아니면 그냥 내가 어린 여자애였기 때문이었다.

'재능'이란 걸 오해했을지도 모르는데, 그냥 해보면 될 것을, 나에게 그게 없으면 어쩌나 하며 벌벌 떨기만 하는 겁쟁이였다. '내가 원하는 재능이 나에게 있는가'가 왜 그렇게 중요했을까 싶다. 설령 재능이 없다는 얘기를 들어도 그냥 했을 거면서.

어린 나여, 그 시간에 뭐든 그냥 했으면 좋았을 것을.

나는 세상의 다채로운 재능들이 빚어놓은 글, 영화, 공연, 전시 등등을 다 보기로 마음을 먹었다. 가지지 못했다면 다 들여다보기라도 하겠다는 마음이었다. 훔칠 수 있다면 더 좋고. 부지런히 다니다 보니 초조한 마음도 조금 가라앉았다. 그리고 무엇보다 정말 재미있었다. 노하우도 생겼다. 각종 전시, 공연 정보는 부지런히 알아볼수록 폭넓게 번져갔다. 특히 공연은 고전무용과 현대무용, 클래식 음악, 국악과 판소리까지 이어졌다. 세상에는 좋은 것들이 많구나, 아름다운 것들이 많구나.

운이 좋게 정말 재능이 있는 사람들과도 친구가 되었다. 신기하게도 재능이라는 것은 한눈에 알아볼 수 있을 때가 많았다. 어떤 재능은 정말 놀라웠고, 가끔은 과대포장되기도 했다. 타인에 대한 질투가 힘이 될 때도 있었지만 그건 내 눈엔 좀 멋이 없었다. 게다가 질투만으로는 어디에도 갈 수 없다. 너무 강한 재능 옆에서 내 나침반이 망가질까 두려웠는지도 모르겠다. 그러나 그들 모두 가만히 있다가 결과물을 내는 사람들은 아니었다. 끊임없이 무언가를 갈고닦았으며, 무엇보다 그 결과물을 욕망했다.

생각보다 욕망은 간단하지 않았다.

나는 무엇을 원하는가. 그래서 나는 무엇을 해야 하나, 무엇을 할 수 있을 것인가를 따져봐야 하는 과정은 잔인했다.

나는 이리저리 돌아다니다가 한참 시간이 지나서야 멈춰 서서 내가 부끄러워하는 나를 들여다보았다. 재능이 없을지도 모른다는 현실을 맞닥뜨리기 싫어서 멀리 멀리 돌아왔지만 결국 나는, 나의 것을 만들고 싶었다. 남들 눈에 이상하게 보일지 몰라도, 지금은 전혀 불가능하게 보일지 몰라도, 그게 그때 내가 정확하게 원하는 것이었다. 안타깝지만 내가 어떤 작품을 열렬히 사랑한다고 해도 그것은 내가 만든 것이 아니다. 그 사랑이 내 것에 반영은 될 수 있겠지만 내가 할 수 있는 것과는 다른 것이다. 계속하는 것도 재능이고, 자신의 어디가 마음에 들지 않는지 정확하게 아는 것도 재능이다. 제대로 욕망을 들여다보는 것도 재능이다.

욕망은 정확하다.
내가 무엇을 원하는가 하는 질문은 언제나 유효하다.

그것이 세계 정복이라고 해도 바로 이어서 '그렇다면 지금 나는 무엇을 할 것인가'라며 스스로에게 질문해야 하기 때문이다. 막연히 바라는 것과는 전혀 다르다. 정확해야 누군가에게 도움을 청할 수 있고, 대단한 의견을 들어도 귀에 들어올 것이다. 돌아보면 사람들은 자신이 욕망한 것까지는 버텨낸다. 그리고 시간이 지나면 그 욕망도 조금씩 자리를 옮겨 간다. 현재 '나'라는 사람의 모습이 마음에 안 들어도, 조금은 달라질 수 있다는 희망과 그렇게 되기 위해 뭔가 하겠다는 현실적인 의지가 섞인 것이 욕망이라고 생각한다. 당연히 내가 욕망한 것의 결과물도 내 생각과 같지는 않을 것이다.

그래도 했다는 기억이, 최선을 다했다는 사실이 내 발목을 꺾지는 않는다. 발목은 보통 슬금슬금 도망치다 꺾인다.

뜬금없이 욕망에 대해 이야기하는 것은 최근에 나의 20대와 비슷한 사람을 만났기 때문이다. 그 역시도 재능에 대해 고민하는 것 같았다. 사실은 재능의 문제가 아닐지도 모르는데, 좀 더 명확하고 구체적인 욕망을 가졌으면 하는 마음이 들었다. 남들이 떠드는 재능 같은 건 정말 상관없다고, 그냥 자신의 마음을 들여다보고 하루하루 재미있게 사는 것이 훨씬 좋다고 생각했지만 그렇게 말하지는 못했다. 20대의 나에게 그런 말을 했다고 한들 잘 전해졌을까, 생각하니 말이 더 안 나왔다.

시간이 지난 탓인지, 나는 나 자신에게 조금 너그러워

졌다.

막연하고 알 수도 없는 재능의 유무로 나를 미워하는 대신 나의 욕망을 생각한다. 당연히 욕망하는 대로 가지 않을 테지만 그래도 가고 싶은, 가야 하는 방향 정도는 정할 수 있어서 좋다. 가는 길에 시간을 낭비할 수도, 바보 같은 선택을 할 수도 있다는 변수를 넣어준다. 좀 모자라는 것을 들켜도 할 수 없다고 생각하니 이젠 솔직하게 도움을 요청할 수도 있을 것이다.

무엇이 '되길' 바라는 마음도 좋지만 어쩌면 그것이 가장 나를 절망하게 만드는 마음이었다.

무엇이든 지금 집중해서 '하는' 것, 그게 현재의 나 혹은 미래의 나일 가능성이 많다.

나의 20대와 닮은 그대여, 욕망은 그리 나쁘지 않다네.

영화를 아느냐

2007년에 영화 학교에 입학했다. 나는 스물일곱이었고 2년 정도 다니던 회사를 그만둔 지 1년이 지난 시점이었다. 사실 너무 오래된 일이라 잘 기억나진 않는다. 아마도 내 인생의 다른 시간들과 마찬가지로 좌충우돌이었겠지만 약간 미화된 채로 기억할 뿐.

대학에 다닐 때부터 영화 만드는 일을 하고 싶었다. 학교 안과 밖에서 시나리오 쓰기와 영화 만들기에 대한 수업을 찾아다니고 단편영화들을 만들었다.(누구한테 보여 줄 순 없다.) 대학교를 졸업하고 영화사에 들어가 기획마 케팅팀에서 일했다. 내가 회사에 있는 동안 개봉한 작품 은 〈쓰리 몬스터〉, 〈달콤한 인생〉, 〈너는 내 운명〉이다. 영화사에 들어간 것도 계획했던 일은 아니다. 졸업 전부 터 영화를 만들고 싶었는데 지금 상태로는 안 될 것 같아 공부를 더 하고 싶었다. 부모님은 영화를 만들고 싶다는 얘기를 반기지는 않았지만 딱히 반대하지도 않았다. 이 미 성인이고 대학까지 졸업했으니 선택은 네가 하되 책 임도 네가 져라, 만약 유학을 가고 싶다면 스스로의 힘으 로 가라고 정확하게 말씀하셨다.

그때 부모님은 나에게 영화를 아느냐, 라고 물었다.
좋아하느냐, 재능이 있느냐가 아니라 '아느냐'는 물 음은 나를 조금 당황하게 했다. 아마도 직업으로서의 영 화 만들기를 생각해보았느냐는 질문일 텐데, 부끄럽지 만 나는 영화를 잘 만드는 것만 생각했지 독립적인 성 인으로 어떻게 살 것인지는 그다지 열심히 생각하지 않았다.

과연, 그때부터 나는 한국에서 영화를 만든다는 것이 무엇인지 진지하게 생각해야 했다. 어쨌든 성인으로 한 사람 몫을 하면서 사는 것 역시 중요하다는 결론에 이르렀고, 나름의 타협안으로 영화사에 들어가야겠다고 생각했다. 당연히 마음먹자마자 바로 된 건 아니고 백수로 한동안 지내다 운이 좋게 영화사 봄이라는 곳에 들어갈 수 있었다. 지금 생각하면 처음 회사에 들어갔을 때 팀장님들과 선배들이 얼마나 인내심을 갖고 나를 가르치며 일했을지 눈물 나게 감사할 따름이다.

물론 2년 안 되는 시간 동안 영화사를 다니면서 영화를 더 알게 되었다고 말할 수는 없다. 다만 영화가 영화관에서 관객과 만나기까지 얼마나 많은 사람들이 어떤 과정을 거쳐 만들어내는지, 상영이 끝난 후에도 여러 방식으로 계속해서 관객과 만나려 하는지 자세히 알게 되었다. 영화 현장과 그 주변에서 영화를 사랑하는 사람만이 보일 수 있는 방식으로 열심히 일하는 이들의 모습은 오래도록 나에게 남아 있다.(나 역시 그만두고 한참 뒤까지 그 회사에서 마케팅했던 작품들을 '내 영화'라고 진심으로 생각했다.)

그 시절의 하루하루는 잘 기억나지 않는다. 개봉 무렵에는 너무 바빠서 일기까지는 아니어도 공책에 무엇을 했고 무엇을 못했고 누굴 만났는지 적지 않으면 아무것도 기억할 수 없는 날들이 이어졌다. 그렇지만 정신없이 일하다가도 마음속에서는 결국 나는 영화를 직접 만들고 싶고 그걸 해보지 않으면 다음으로 갈 수 없겠구나, 하고 생각했다. 그때도 재능은 없는데 괜히 바람만 든 거면 어쩌나, 시간만 낭비하는 거라면 큰일인데 싶었다. 안 그래도 좋은 회사에 취직해서 승승장구하는 친구들에 비하면 뒤처진 것 같은데 그런 생각이 괜찮은 건지, 일이 힘들어서 도망치고 싶은 건 아닌지 의심하기도 했다. 지금 하는 일을 더 잘하는 방법을 고민하는 게 현명한지, 때를 놓쳐버리고 평생 후회하진 않을지 오락가락했다.

결정의 순간은 갑자기 찾아왔다. 어느 출근길에 마음을 먹었다.

영화 학교에 지원해야지, 단편영화를 만들어야겠다. 나는 곧 회사를 그만두었다.

실제로 영화 현장에서 일을 시작한 친구들은 굳이 시험을 치고 학교에 들어갈 필요가 있는지 묻기도 했다. 영화라는 걸 학교에서 가르치고 배울 수 있는가, 그냥 원하는 걸 찍어서 확인하는 게 맞지 않나, 하는 질문이었다. 아주 솔직하게 말하자면 나에겐 시간이 필요했던 것 같다. 내가 만들고 싶은 것만 생각해도 되는 시간.

연출 전공에 지원하기 위한 포트폴리오로 단편영화를 만들어야 하는데 나는 그게 하고 싶었던 것 같다. 운이 좋게도 부모님 집에 살면서 회사를 다녔고 그래서 돈을 약간 모을 수 있었다. 그 돈으로 가능할 것 같았다. 하고 싶은 얘기는 많아서 시나리오는 어떻게든 썼지만, 바로 찍기는 겁이 나서 아는 선배의 단편영화 조연출을 했다. 그때 만난 스태프들이 내 단편도 도와주었다. 그렇게 완성한 영화는 운이 좋게 영화제에서 상영도 했다.

지원할 수 있는 학교는 두 군데 정도였는데, 그중 한 학교를 다니는 지인들이 대출을 받아 졸업 작품을 찍는 걸 보고 무서워서 무조건 학교에서 주는 예산에 맞춰야 하는 한국영화아카데미에만 응시했다. 4학기제 1년 과정을 다니면서 단편영화 두 편을 만들었다. 과제도 많고 해야 할 것들도 많은 밀도 높은 시간이었다.

내가 입학한 2007년은 개봉한 한국 영화가 100편을 넘었던 해였다. 알고 지내던 스태프들이 전년도부터 무척 바쁘게 상업영화를 찍고 있었다. 그러나 그 영화들이 다 수익을 내지는 않았기 때문에 2008년 내가 졸업하는 해에는 편수가 줄어들 거라고, 혹은 상업적으로 편중된 영화만 나올 거라고 다들 걱정했다. 학교에서 15분짜리 영화를 만들어보겠다고 나 자신을 다그치는 동안 20대 후반, 30대 초반이었던 친구들이 영화를 가장 많이 그만둔 해이기도 했다. 지금 생각하면 자신과 자신의 미래에 대해 한창 고민하는 시절이라서 그랬겠지만, 나는 곧 촬영 현장에서 만날 것 같던 사람들이 사라진다는 게 슬퍼서 왜 그만두냐고 따지기도 했다.

영화 학교에 가면 좀 더 확실해지는 것들이 있겠지 했던 기대는 전혀 이루어지지 않았다. 그런 건 존재하지 않는다.

선생님들은 냉정하고 솔직했다. 각자 생각하는 영화도 다르고 좋아하는 영화도 다른, 이미 20대 중반을 지난 성인 학생들에게 뭔가 가르치려면 그래야 했을 것이다. 나 역시 선생님들의 다양한 취향과 면모가 인상적이었다. 어떻게 해야 한다는 것은 없었고 다만 정확하게 욕망할 것, 그걸 남에게 잘 전달할 것, 이 두 가지가 중요했는데 그것이 참으로 어려웠고 지금도 그렇다.

종종 영화 학교에 진학할지 말지 나에게 물어보는 이들이 있다. 각자 상황이 너무 다르니 뭐라고 조언하기는 어려웠는데, 다만 학교 동기들 때문이라면 가도 좋다고 생각했다. 학교 다닐 때처럼 자주 만나진 않지만, 그들에게는 나의 별로인 시나리오를 언제든 보여줄 수 있다. 그리고 그들이 해주는 지적과 욕이라면 조금 들린다. 비슷한 마음으로 영화 학교에 와서, 각자 작업을 하면서 실수나 잘못도 서로에게 다 보여주고, 앞으로 영화를 계속하든 아니든 함께 만든 영화가 남아 있는 사이가 동기다. 자신이 원하는 것을 정확하게 알기 위해 함께 인내하고 고민해주는 누군가를 친구로 두게 된 것은 영화 학교에서 얻은 행운이라고 생각한다.

영화 학교는 기대와는 정말 달랐지만, 결국 나 자신이 원한 줄도 몰랐던 것들을 얻게 되었는지도 모르겠다. 다시 말하지만 너무 오래전 일이라 기억에 미화가 있을 것이다.

입학했던 당시 스물일곱의 나는 영화를 너무 늦게 시작했다고 걱정했는데 지금 돌아보면 우스운 생각이었다. 10년이 지난 뒤 서른 일곱의 나는 그때와 똑같이 첫

영화를 만드는 게 너무 늦은 건 아닌가 하며 걱정하고
있었으니까.

여고생이다

2008년에 영화 학교를 졸업하며 〈여고생이다〉를 만들었다. 그해 영화제에서 상을 받기도 하고 꽤 많은 곳에서 상영도 했다. 가장 많이 틀었던 시기에 영화 〈김씨 표류기〉에 스태프로 들어가서 촬영장에 있느라 상영하는 극장에 가보진 못했다. 나의 영화지만 소속은 영진위라서 어느 시점 이후에는 상영을 해도 소식을 바로바로 전해 듣지 못했다. 하지만 처음 만난 분들이 가끔 〈여고생이다〉를 봤다고 하면 참으로 감사한 일이라고 생각했다.

모든 학교가 그렇겠지만 졸업 후에는 그 시절에 대해 생각할 기회가 별로 없다. 장편 상업영화를 만들기 위해 꽤 많은 시간을 보내면서도, 그 긴 시간 동안 딱히 졸업 영화를 돌아볼 일이 없었다. 그러다 〈내가 죽던 날〉이 일본 개봉을 하게 되었을 때 일본의 단편영화제에서 〈여고생이다〉를 상영한다는 소식을 들었다. 비슷한 시기 한국 영화제에서도 재상영 소식이 들려왔다. 오래전에 만든 영화가 시간이 많이 흐른 뒤 어떻게 보일지 걱정이 되어, 처음으로 그때의 나는 왜 이 영화를 찍었을까 생각하게 되었다.

재학 중 네 번째 학기에 찍는 졸업 영화는 2, 3학기부터 준비를 시작한다. 처음에 〈여고생이다〉 대본을 제출했을 때(수업 중에 좀 더 발전시키고 최종 통과돼야 영화를 만들 수 있다) 선생님들이 다들 당황한 느낌이었다. 지금 생각해보면 그럴 만했다. 내용을 간추리면 이렇다. 여자 고등학생 여덟 명이 수업이 끝난 후 걸어간다. 그중 다섯 명은 떡볶이 가게 구석 방에서 포커를 친다. 또 다른 단짝 두 명은 그들과 먹을 봉지 커피우유를 사 오다가 모의 고사 점수를 가지고 놀이터에서 티격태격한다. 마지막 한 명은 교실에 두고 온 물건이 생각나서 학교로 돌아가는데, 야간 자율학습 시간에 잔디밭에 누워 있다가 우연히 마주친 교생 선생님과 잠깐 대화를 나눈다. 이 세 가지 얘기가 번갈아 전개되고 마지막엔 모든 배우들이 노래를 한다.

무슨 말을 하려는지 모르겠다. 왜 이런 형식을 계속하는가, 입학을 위해 만든 포트폴리오에도 여러 커플이 침대 주변에서 겪는 아홉 가지 이야기가 담겨 있는데 그렇다면 하나의 이야기를 진득하게 할 줄 모르는 건 아닌가 하는 피드백이 있었다. 나 스스로도 왜 이렇게 몇 가지 이야기가 섞인 형식만 계속 떠오르는지 궁금했지만 그보다는 만들고 싶다는 생각이 먼저였다.

어쨌든, 내가 하려는 얘기는 선생님들에게 전혀 와닿지 않았던 것 같다. 나는 '여고생'이라는 존재가 문자 그대로 '고등학교를 다니는 10대 후반 여성'으로 받아들여지지 않는다고 느꼈다. 물론 몇 년 지나면 성인이 되긴 할 테지만 현재는 당연히 미성년자임에도 남자 학생과 달리 성적인 의미가 자주 부여된다고 생각했다. 당시 인기를 끌던 어떤 10대 걸그룹은 굉장히 섹슈얼한 춤을 추는 동시에 국민 여동생이기도 한 분위기가 있었는데 나는 그 자체가 부당하다고 느꼈다. 하지만 점점 당연한 듯 여겨지고 있었다. 그래서 내가 생각하는 여자 고등학생들의 모습, 그러니까 내가 10년 전쯤 겪었던 시간에 대해 얘기하고 싶었다. 너무 좋은 시절이라고들 하지만, 여러 가지 사회적, 개인적 압박과 고민이 섞여 있는 시간. 단순히 곧 성인 여자가 되기를 기다리는 시절의 얘기로 소비되는 게 싫었던 것 같다. 만약 지금 다시 만든다면 학교 밖 청소년의 모습도 보여주려 했을 것 같다. 좀 평범한(?) 이야기를 하는 게 어떻겠느냐는 얘기까지 나왔지만 그래도 선생님들이 말한 문제들을 고민하면서 계속 이야기를 수정해갔다.

정말 무슨 말을 하려는지 모르는 것 같아 더 제대로 잘 만들어야 한다고 생각했다.

나는 80년대 초반생치고는 이 사회에서 '사람'이 아닌 '여자'로 인식되는 경험이 적은 편이었다, 아니 늦은 편이라고 해야겠다. 여중, 여고, 여대를 나와 대표님이 여자인 영화사에서 여자 팀장님을 비롯한 다수의 여자 동료와 함께 일을 했다. 그래서 세상도 여자가 구하고 영화도 여자가 만든다고 생각했다. 물론 당시 감독들은 대부분 남자였다. 그렇지만 내 주변에서 영화 제작을 결정하는 많은 사람들이 여자였고, 그 때문인지 나는 곧 여자 감독이 쏟아질 거라고 당연하게 믿고 있었다.

나는 기획마케팅팀에서 일했기 때문에 특히 개봉 무렵엔 정말 많은 사람들을 만나고 수없이 통화를 했는데, 내 이름을 잘 못 외우는 사람들이 더러 있었다. 다른 이유보다 내가 그냥 '제일 어린 여자애'라서 굳이 외우지 않아도 되었기 때문이다. 나를 대하는 방식이 묘하게 기분 나쁠 때도 있었지만 그때는 정확한 이유를 몰랐다. 애써 무시했던 것 같기도 하다. 상대방의 악의 혹은 의도된 무례는 상정하지도 않았다. 몇 년 뒤에도 생각나던 모욕적인 순간들도 그때는 내가 여자라서 겪는다기보다 사회 초년생이라서 겪는다고 생각해야 편했다. 야근 탓에 택시를 탈 때도 많았는데 정말 피곤한 상태에서도 세상이 무서웠기 때문에 정신을 바짝 차리고 긴장했다. 어느날 남자 인턴이 집에 갈 때 택시에서 푹 잘 수 있으니 야근이 더 좋다고 했을 때 모든 여자 직원들의 깜짝 놀라던 표정이 기억난다. 그때까지만 해도 세상만 그렇지 소위말하는 영화계는 괜찮을 거라고 생각했다. 아니, 그렇게 믿고 싶었다.

그리고 영화 학교에 갔다. 당시 한국영화아카데미는 연출, 프로듀싱, 촬영, 애니메이션, 이렇게 네 개의 과가 있었는데 연출과의 일곱 명 중 여자는 나 혼자였다. 촬영은 모두 남자, 프로듀싱은 여자 셋에 남자 하나, 애니메이션은 성비가 얼추 반반이었다. 매년 기수마다 성비는 다를 테니 그런가 보다 했는데, 수업에 들어가자 확실해졌다. 애니메이션 전공 교수님 한 분을 제외하고 모두 남자 교수님이었고 특강도 강사가 여성인 경우는 손에 꼽았다.

결국, 그래서 나는 〈여고생이다〉를 만들게 되지 않았을까.

뭔가 대단한 것을, 가진 걸 최대한 보여줄 이야기를 찾았으면 좋았겠으나 그냥 그때 내가 해야 했던 이야기를 영화로 만들었다고 생각한다.

졸업할 때 영화아카데미 원장님에게 얘기했더니 본인에게도 큰 고민이라며 얼른 영화를 만들어서 후배들에게 특강이라도 하러 오라고 했다. 졸업 영화로 참여했던 여러 단편영화제에서 많은 여성 감독들이 상을 탔고 그들의 영화가 나를 주눅들게 할 정도로 좋았기 때문에 곧 해결될 문제라고 생각했다.

〈내가 죽던 날〉 관련 인터뷰에서도 여성 감독에 대한 질문이 많았다. 각기 다른 상황의 여성 감독들이 다양한 영화를 만들고 있었으나 마치 내가 대표처럼 설명해야 하는 상황이 조금 불편하고 부담스러웠다. 더 세세하게 구분될 수 있는 영화들이 단지 수가 적기 때문에 '여성 감독이 만든 작품'으로만 분리되기도 한다. 당연한 말이지만 세상의 여성이 얼마나 다양한지, 나의 정체성이라는 것조차 얼마나 범위가 좁은지에 관하여 대답하는 수밖에 없었다.

영화를 만들며 '내가 여성이라는 것을 얼마나 의식하는가'는 여전히 나에게 유효한 고민이다.

살면서 겪고 생각한 것들이 당연히 내 영화에 담길 텐데 그것이 여성의 경험으로만 인식되는 것을 막으려면 어떻게 해야 할까. 혹은 여성의 경험을 더 드러내야 하는 이야기는 어떤 것일까. 여성 감독이기 때문에 윤리적으로 더 고민해야 하는 지점들, 혹은 여성 감독들에게 누가 되는 일을 하지 말아야 한다는 압박에는 어떤 태도를 가져야 할까.

앞으로 더 좋은 영화를 만들어야겠지만 이런 질문들

역시 당분간은 안고 가야 할 것이다. 나도, 동료 선후배 여성 감독들도 영화로 더 자주 크게 떠들고 이야기할 기회가 많아지길 바란다.

〈여고생이다〉는 만든 지 오래되었지만 함께했던 스태프들과 여전히 가깝게 지내고 있다. 그리고 영화에 출연한 배우들을 가끔 떠올린다. 직접 연락하지 않지만 SNS에서 소식을 알게 되기도 하고 멀리 안부를 전해 듣기도 한다. 나에게 정말 고마운 존재였던 그들에게도 〈여고생이다〉가 괜찮은 기억이었기를 바란다.

지금도 연락하며 지내는 친구들도 있다. 강연정 배우는 〈내가 죽던 날〉에도 출연했다. 사실 거절할 수도 있는 역할이었는데 흔쾌히 함께해준 것은 나에게 큰 의미가 있다. 그리고 류혜영 배우는 〈여고생이다〉 이후 나의 다른 단편에도 출연했고 지금도 종종 만나 수다를 떤다. 촬영 현장이 아닌 곳에서 누가 감독이라고 하면 나를 부르는 줄 모르거나 깜짝 놀라는데, 이 두 사람은 오래전부터 나를 감독님이라고 부른다.(언니라고는 안 되는 모양이다.)

장편을 준비하며 기운이 빠져 있을 때 나를 감독님이라고 부르는 두 사람이 나에게 이상한 책임감을 불러일으켰다. 이들의 배우 인생에 누를 끼치고 싶지 않으니 정신차리자, 이런 느낌으로. 〈여고생이다〉로 처음 만나 지금까지 안부를 주고받을 수 있어서, 또 배우로서 성장하는 그들의 출연작들을 계속 확인할 수 있어서 진심으로 뿌듯하고 기쁘다.

앞으로도 언제나 영화로 더 자주 크게 떠들고, 외치고, 함께 이야기할 수 있기를.

그런 새로운 동료들을 더 많이 만날 수 있는 시간들이 펼쳐지기를.

영화의 주인은 누구인가

작년 6월 말쯤 서울국제여성영화제 프로그래머에게서 연락이 왔다. 나는 고작 장편영화 한 편을 만들고 이 영화제의 장편 경쟁 부문의 심사를 해버린 역사가 있다. 지나고 보니 정말 감사한 제안이었다. 반가운 안부 전화인 줄 알았는데, 8월 말에 있는 영화제의 개막식에서 강수연 배우를 추모하는 영상을 상영할 계획인데 혹시 연출을 해줄 수 있느냐는 전화였다. 들으면서도 굉장히 어려운 일이라는 생각이 들었고, 프로그래머 역시 힘든 제안이라는 것을 안다고 했다. 그런데 전화를 끊고 나서 그래도 내가 하겠구나, 생각했다. 다음 날 통화로 하고 싶다는 뜻을 전했다.

어떤 마음으로 이걸 하고 싶었을까, 여전히 잘 모르겠지만 아마도 그 결정은 그 당시 나의 상황과도 연관이 있었을 것이다. 촬영 시기까지 정해져 있던 영화가 무산되고 난 직후였다. 내 기준에서 그 프로젝트는 다소 용감한 선택이었는데, 전에 없이 비싼 외국어 과외를 하면서 1년 가까이 기다렸으나 결국 무산되었다. 이미 계약서도 오고 갔던 저작권자 대리인과 원작자의 마음이 돌아서서 영화를 만들 수 없게 되었다는 소식을 들은 지 얼마 되지 않았다. 다소 애매하게 표현하는 것을 이해해주길 바란다. 내 입장에서는 결코 다 이해할 수 없는 과정이었다. 동시에 나는 연출을 의뢰받은 사람일 뿐인 데다, 그동안 그 영화를 만들고자 했던 사람들이 얼마나 오랫동안 애썼는지도 알고 있었기 때문에 겉으로는 괜찮다고 했지만, 속은 많이 상해 있었다.

어렴풋이 '그래서 영화의 주인은 누구인가'라는 질문이 내 안에서 생기고 있었다.

일단 하기로 했으니 어떤 마음으로 시작할지 생각했다. 먼저 강수연이라는 배우가 나온 영화를 다 보기로 했다. 이번에 처음 본 영화, 아주 어릴 때 봤던 영화, 20대에 개봉 당시 영화관에서 본 영화 등등 다양했다. 우선 지금 OTT에 서비스되고 있는 영화의 목록과 영상자료원 도서관에 있는 영화의 목록을 만들었다. 하지만 아쉽게도 제목과 관련 정보는 검색되지만 현재 어디서도 볼 수 없는 작품도 적지 않았다. 영상자료원에 프린트로만 존재해서 영사 시설이 있는 극장에서 상영해야만 볼 수 있는 작품도 있어 개인적으로는 확인할 수 없었다.

강수연이라는 배우를 중심으로 영화를 보는 일은 무척 즐거웠다. 아역으로 시작한 1970년대부터 2020년대까지 강수연은 어떤 스타일의 감독과 어느 시절에 만나도 자신의 매력을 폭발시키며 영화 안에 존재했다. 장면마다 '헉' 소리 나게 예쁜 10대 시절의 모습이 담긴 〈고래 사냥 2〉는 물론이고, 2년 뒤 갓 성인이 되어 찍은 〈감자〉의 억척스러운 여인의 모습도 전혀 어색하지 않다. 그리고 다음 해에 나온 〈아제아제바라아제〉에서는 10대부터 40대 이후까지의 긴 시간을 지나는 다양한 얼굴을 보여 준다. 〈경마장 가는 길〉과 비슷한 시기에 나온 〈그대 안의 블루〉에서는 전혀 느낌이 다른 20대 여성의 모습이 보인다. 〈지독한 사랑〉의 강수연 배우를 가장 사랑하지만, 이번에 처음 본 이두용 감독의 〈업〉에서의 모습도 내내 머릿속을 떠나지 않았다.

고백하건대 그 영화들 중에는 2023년을 살아가는, 영화를 만드는 한 사람의 여성으로서 받아들이기 힘든 설정이나 장면도 있었다. 놀라울 정도로 대상화된 여성 캐릭터이지만 강수연이라는 배우가 그 모든 인물과 서사의 결함을 이겨내고 자신의 존재를 빛내고 있어서 나는 홀린 듯 계속 영화를 볼 수 있었다. 예를 들어 〈아제아제바라아제〉에는 오래도록 기억할 아름다운 장면들이 많지만 동시에 그 속에서 그려지는 강간신, 그리고 그 이후 주인공이 스토커이자 강간범과 함께 산다는 설정은 충격으로 다가왔다. 예전에 큰 화면으로 처음 봤을 때 놀란 마음에 급체를 했는데 이번에 다시 보면서는 이 어린 배우가 이 캐릭터를 어떻게 해석하며 연기했을까, 물어보고 싶은 것들이 마구 생겼다.

그러나 이제 대답을 들을 길이 없다는 것을 실감하자, 그제서야 추모 영상을 만드는 일이 어떤 일인지, 그 의미를 조금은 알 수 있었다. 그녀가 이 세상에 없다는 것이 원통했다.

나는 강수연이라는 배우를 직접 만나는 행운을 누리지는 못했다. 좀 더 부지런했다면, 더 많은 영화에 스태프로 참여했다면 가능하지 않았을까. 그랬다면 당신의 죽음이 왜 이렇게 슬픈지 정확하게 설명할 수 있을까.

추모 영상은 개막식과 여성 영화인의 밤 행사에 딱 두 번, 오프라인으로만 상영하는 조건으로 제작됐다. 사람들은 당연히 온라인에서도 이 영상을 다시 볼 수 있으리라 생각했지만 그럴 수 없었다. 강수연이라는 대배우를 그리는 영상이고 이 장면의 주인은 누가 봐도 그 배우인데, 더 많은 사람들이 보고 그리워할 수 있으면 좋지 않나 했을 것이다. 그러나 생각보다 복잡한 일이었다. 좋은 의도로 만드는 추모 영상이라도, 정말 내 마음에 드는 장면이 있다 해도, 그걸 편집해서 새로운 영상을 만드는 일은 그리고 어딘가에서 상영하는 일은 저작권자의 허락이 절대적으로 필요하다.

나는 이 영화의 법적 주인을 찾아 나섰다. 결과적으로 이 작업에 가장 많은 시간이 들었다. 꽤 오랜 시간 전화 통화를 하고 나서야 (영상자료원과 지인들의 도움으로) 저작권자들의 소재를 파악했고 연락처를 얻을 수 있었다. 다행히 전화로 문의한 개인 저작권자들은 흔쾌히 허락을 해주었다. 오히려 내가 그 작품을 재미있게 보았다고 하면 그 당시 일화까지 덧붙이며 강수연 배우를 추억했다. 메일로만 연락이 가능한 경우에는 하루를 꼬박 쓴 장

문의 편지로 허락을 받았다.

　가장 큰 문제는 저작권자나 그 소재를 알 수 없는 경우였다. 6, 70년대 영화라면 이해라도 하겠는데 8, 90년대 영화들도 회사가 망하면서 저작권을 정리하지 않았거나, 저작권자 사망 후 누가 저작권을 가지고 있는지 알수 없는 상태이거나, 아니면 그 어떤 정보도 찾기 어려운 경우도 있었다. 아쉽게도 그런 영화들은 포기하는 수밖에 없었다.

　다시 한 번 그렇다면 이 영화의 주인은 누구인가, 하는 질문이 나에게 돌아왔다.

　솔직히 지금도 추모 영상을 어떻게 해야 잘 만드는지 정말 모르겠다.

　추모 영상은 2분 남짓이었지만 공개하는 날 무척 떨렸다. 강수연 배우의 동생을 만나 인사를 하며 눈물이 날뻔하고, 김지미 배우와 내가 편집해 넣은 영화의 감독들이 개막식에 참석했기 때문만은 아니다. 사람들이 이 영상을 보고 그 사람을 기억하고 그리워했으면 하는 마음이 커져서, 부디 내가 강수연이라는 배우의 발자취를 따라가며 얻은 것들이 다른 이들에게도 전해졌으면 했다.

〈내가 죽던 날〉이 개봉하고 나서, 내 영화가 나보다 오래 살아남는다는 사실이 무척 무겁게 느껴졌다. 다시 영화를 만드는 일이 겁이 날 만큼. 어쩌면 내가 본 영화 중에 강수연 배우가 마음에 들어하지 않은 영화도 있을 것이다. 그렇지만 그 속에서 그 당시 배우를 발견하는 일 자체로 나에게는 충분했다. 강수연 배우의 인터뷰를 찾아보니 지나간 영화들을 잘 기억하지 않는다고, 그냥 지금 하는 작품에만 집중하느라 그렇다고 했다. 작품의 진짜 주인이 되는 것. 현재의 자신을 오롯이 던져서 작품을 만든 다음 남겨지는 것에는 미련을 두지 않는 모습이 이미 지나버린 것에 전전긍긍하는 겁먹은 후배에게 따끔한 충고를 해주는 것처럼 느껴졌다.

지나친 감상일 수 있겠지만 작업을 하는 내내 강수연

이라는 배우가 공들여 쓴 편지가 이미 오래전에 나에게 도착해 있었는데 이제야 봉투를 뜯어 찬찬히 읽는 기분이었다. 어리석게도 너무 늦은 답장을 쓴 셈이다. 그렇지만 사랑하는 배우이자 대선배가 남긴 그 편지가 있으니 어리석은 후배는 마음이 힘들 때마다 종종 그 편지를 꺼내 읽을 것이다. 그리워하고 생각할 것이다.

더 좋은 것을 남겨야지.
그 편지의 마음을 기억해야지.

끝과 시작

우리의 인생에 끝이 있다는 것은 모두 알고 있다.

무언가 끝난다는 것은 비극적 사실인가 혹은 안도할 일
인가.

　책을 쓰기로 하고, 서점 웹진에 연재를 시작했다. 연재
라는 형식으로 내가 모르는 누군가에게 닿는 일에 조금
적응될 만하니 마지막 글을 써야 하는 시간이 되었다. 시
작과 끝 역시 함께 일하는 사람들과의 약속일 뿐, 끝은

언제나 다시 시작으로 이어진다고 생각한다. 그래도 그 연재가 나에게 큰 의미가 있었듯, 마지막 역시 그동안 읽어주신 분들과 나 자신에게 기억할 만한 순간이기를 바랐다.

여전히 안 본 사람이 더 많은 나의 영화 〈내가 죽던 날〉에 "인생이 네 생각보다 길어"라는 대사가 있다. 짧은 것보다는 덜 하지만 그래도 꽤 잔인한 말이라고 생각한다. 하지만 끝을 정할 수 없다는 것, 끝을 마주하기까지 계속 살아가는 수밖에 없다는 것은 큰 사랑을 담는다고 가정하면 조금 괜찮은 말이 된다. 그러니 예정된 마지막은 덤덤하게 끝을 맞이할 기회인 것이다.

영화를 만드는 나에게는 누군가와 함께 일하는 것이 낯설지 않다. 그러나 보통 글은 나 혼자 썼다. 바꿔 말하면 남에게 보여줄 수 있을 때까지 혼자 썼다. 그러나 연재는 2주 간격으로, 주제를 정하고 초고를 쓰고 그걸 편집자와 함께 보고 얘기를 나눈 다음 발행되었다. 또 종종 주변에서 읽은 사람들의 의견을 듣기도 했다. 이 모든 과정이 매우 빠르게 돌아갔다. 마치 약속 시간에 맞춰 서두르느라 옷을 덜 입은 채로 나가는 느낌이었달까. 하지만 매번 놀랍게도 편집자의 피드백은 나에게 새로운 영감을 주었다. 단순히 잘 썼다 못 썼다가 아니라 내 이야기의 방향을 조금 더 섬세하게 살필 수 있게 했다. 신기했다. 적어도 시작하려면, 첫 글자라도 쓰려면 나에 대해 생각해야 한다. 너무 길게 생각하고 싶지 않아서 도망 다니던 지점에서 늘 막혔다. 바꾸고 싶은 과거 얘기도 아니고 약속할 수 없는 미래 얘기도 아니며, 현재의 나를 구석구석 들여다봐야만 마침표를 찍을 수 있는 문장이 완성되었다.

그러니까 이것은 그동안 시나리오를 위해 지어내던, 괜찮은 거짓말을 쓰려고 애쓰던 것과는 전혀 다른 방식의 글쓰기였다.

나의 할아버지는 내 영화가 개봉하기 조금 전에 돌아가셨다. 98세였으니 흔히 말하는 호상이었고, 또 자식들에게 둘러싸여 살던 집에서 돌아가셨으니 어쩌면 할아버지의 죽음은 여러모로 괜찮은 끝이었다고 생각한다.

그래도 몹시 슬펐다. 당시에 영화 개봉 직전의 과정이 마무리되는 중이라 매우 바쁘게 보내고 있어서 그 복잡한 슬픔을 차분히 들여다볼 여력이 없었다. 할아버지에게 물어보고 싶은 이야기들이 많았는데 그 정도의 시간을 들이지 못했다. 나쁘게 말하면 할아버지의 인생에서 어떤 이야기들을 훔치고 싶었는지도 모르겠다. 1922년생이니 너무나 많은 한국의 역사를 지나왔고 참여했으며 결과들을 맞닥뜨린 사람으로서의 소회를 듣고 싶었다. 어떤 후회와 기쁨 그리고 슬픔이 있었는지, 내가 앞으로 살아갈 날들에 대한 비밀을 좀 들어보고 싶었다.(물론 부모님에게 물어볼 수도 있겠으나 나와 부모님은 시간상으로도, 관계로도 너무 가까워서 직접 묻고 답을 듣기에는 조금 부담스러운 면이 있다.)

할아버지는 말씀이 많은 분은 아니었다. 아흔 살 생신이었던가. 막내 이모가 다 같이 모인 손자 손녀 앞에서 좋은 말씀 한번 해주시라고 농담 삼아 얘기를 했는데, 그

때 할아버지는 '그대들이 사는 세상은 내가 산 세상과 너무 다르기 때문에 나의 얘기는 필요 없다, 그냥 각자 방식으로 열심히 살아가시라'고 했다.

영화가 개봉한 후 1년 정도 나는 할아버지를 떠올리며 이상할 정도로 자주 울었다. 울면서도 정확히 무엇이 슬픈지, 과장된 슬픔은 아닌지 생각했다. 자세히 알게 되면 이상한 서운함과 서러움이 사라졌을까.

할아버지의 일생을 남아 있는 기록을 통해 객관적으로 거슬러 올라가서 알아보면 어떨까 하고 사촌 동생에게 말했다. 그러자 사촌 동생은 나를 물끄러미 보더니(전화여서 볼 수는 없었지만 그런 느낌이었다) "그 당시 개개인들이 생존을 위해 했던 선택들은 우리가 생각하는 기준과 매우 다를 텐데, 그걸 기록으로만 보고 할아버지의 인생을 평가하지 않을 수 있어? 무엇보다 할아버지가 원할까?"라고 물었다. 무서운 질문이었다.

초등학생 때 종종 할아버지에게 편지를 썼는데 언제

나 일주일이 되기 전에 존댓말로 적힌 정성스러운 답장이 왔다. 왜 그러셨을까, 상대를 존중하는 마음을 가르치려고 그러신 걸까 궁금했는데 나이가 들어서도 존댓말로 얘기를 나눌 때가 많았다. 그러다 조카가 말을 하기 시작했을 때, 나도 모르게 존댓말이 나왔다. 할아버지를 닮은 마음이 나에게도 있는가 보다 싶었다.

할아버지는 미스터리한 사람이었다. 손자 손녀의 입학식과 졸업식에 참석할 만큼 다정하면서도 어느 시점 이후에는 나의 직업을 물어보지 않았다. 영화를 하겠다고 직장을 그만두고 영화 학교를 갈 때 그와 관련해서 마지막으로 이야기를 나누었다. "거짓말을 하는 일이라, 어려운 길을 가시려는구려." 뭐 이런 대화였다. 그러면서도 결혼하기 전까지는 받아도 된다고 하면서 세뱃돈을 챙겨주었다.(몇 년간 사촌들 중 나만 받았다.) 참으로 민망해하면서도 매번 "감사합니다" 하면서 받아 들였다. 할머니가 돌아가시고 독신으로 지낸 세월이 길었던 할아버지가 혼자 살기를 선택한 손녀에게 보여주는 약간의 지지라고 멋대로 생각했더니 평소 못 사 먹는 맛있는 걸 사 먹을 수 있었다.

'생각보다 인생이 길다'라는 대사를 잔인한 표현이라고 여기면서도 누군가에 대한 응원으로 쓰고 싶었던 나의 마음은 어쩌면 할아버지에게서 왔다. 할아버지가 알았더라도 딱히 좋아하지는 않았을 거라 생각한다. 그냥 덤덤하게 그랬군요, 했을 것 같다. 나의 불안에 대해서도, 거짓말하는 어려운 길을 택했으니 넉넉히 받아들여야 된다고 냉정하게 얘기했을지도 모르겠다.

인생에 끝이 있다는 것, 그러나 그전까지는 끊임없이 무언가 시작된다는 것.

열 편짜리 연재가 끝나는 시점에 할아버지까지 끌고와서 인생의 끝을 이야기하는 것만으로도 내가 어떤 사람인지 들킨 것 같다. 나는 여전히 내 마음에 드는 것만 찾으면서 영화를 만드는 사람으로 살고 있다. 그러면서도 영화가 내 인생의 전부는 아니기를 바라는 모순으로 가득 찬 마음으로 살아간다는 것을 내내 고백했다.

책을 만든다는 것은 내게 압박으로 다가왔다. 그러나 내가 똑바로 마주봐야 하는 것들을 써나가면서 답을 구하기도 했고, 정말 답이 없는 문제는 꼭 답을 구하겠다는 다짐이라도 하게 되는 경험을 했다. 벽에 글을 써서 걸어두는 옛 선비들의 마음을 알 것 같았다. 무언가를 써놓고 보면, 비록 그 글을 보는 사람이 나 하나뿐이더라도, 썼기 때문에 존재하게 되고, 존재하는 내 글이기 때문에 나의 책임이 생기게 된다. 실제보다 더 좋게 포장하려는 마음을 물리치고 솔직하게 적어보는 일은 사실 이제 시작인지도 모르겠다.

누군지는 알 수 없지만 연재 때 2주 간격으로 나의 불안한 마음과 조심스러운 고백을 읽어준 사람들에게, 그리고 지금 이 책을 읽고 있는 당신에게 다시 한 번 감사의 마음을 전한다.

바깥은 위험한가

바깥은 위험한가.

나는 이 질문을 근 3년 동안 나 자신에게 했던 것 같다.

그렇다면 나는 지금 안에 있는가, 바깥에 있는가.

바깥은 위험해 보였다. 코로나가 모두의 세상에 등장
했다. 정체를 알 수 없는 바이러스는 가장 가까운 사람들
과 대화를 나누고 온기를 주고받으면 퍼지는 아주 고약
한 것이었다. 그때 나는 촬영을 마친 영화를 편집하며 나

아지길 기다렸지만, 결국 여전한 코로나 세상 속에서 개봉했다. 영화를 개봉하면 의례 따라오는 행사들이 있는데, 〈내가 죽던 날〉은 기자 시사회만 진행할 수 있었다. 사람들이 영화를 어떻게 생각하는지 언론에서, SNS에서, 여기저기에서 말하기 시작했다. 이미 매순간 최선을 다했다는 사실도, 이 영화를 만들며 좋았던 기억들도 그 무렵에는 잘 떠오르지 않았다. 아쉽게도 관객과 직접 만날 기회가 없어서 함께 일했던 사람들이 더 그리웠지만 시절이 시절인지라 만나기는 정말 조심스러웠다. 그때 그들과 만나 영화에 대한 이야기를 뭐라도 나눌 수 있었다면 정말 좋았을 거라고 지금은 생각한다.

코로나는 영원히 세상을 덮친 것처럼 보였고, 그사이 얼마간은 마음속에서 영화와 나를 분리하는 게 매우 어렵다는 것을 알게 되었다. 작업할 때 불필요하다고 생각해서 미뤄두었던 모든 불안과 긴장이 몰려들었다. 영화에 대한 어떤 이야기도, 설령 좋은 내용이더라도, 이상하게 마음이 힘들었다. 머릿속에서는 그동안 내가 했던 잘못된 판단과 후회하는 지점만 계속 반복되었다.

바깥은 너무 위험하니 조용히 숨어 있고 싶었다. 그래, 가만히 집에 있는 것이 나와 모두를 위한 일이다. 사회적 거리두기는 마음을 숨기기에 좋은 이유가 되어주었다.

겉으로는 평온했다. 집에 머물고 싶을 때 머물 수 있는 것도 행운인 시절이었다. 게다가 나는 어릴 때부터 침대에 누워 있는 것을 좋아했다. 잠을 자거나 누워서 책을 읽는 것도 좋지만 그냥 가만히 누워 있는 것도 괜찮았다. 그래, 침대에 가만히 누워 있자, 가능하면 오래. 문제는 내가 그사이 결혼을 해서 함께 사는 사람이 있고 나의 불안이 그 사람에게는 숨겨지지 않는다는 점이었다. 나는 평소 매우 논리적으로 행동하려는 사람인 척해왔는데 불안이 끼어들면 그게 쉽지 않았다. 위험하다는 마음, 그것에 대한 두려움, 무언가를 하지 말아야지 하는 조바심 같은 것들이 섞여서 동거인도 그냥 가만히 있기를 바랐다. 그게 가능할 리가.

나의 세계는 집인가, 방인가, 침대인가.

오래 바라던 영화를 겨우겨우 만들어놓고, 어렵게 나의 세계를 넓히려고 애를 써왔는데, 지금 나는 왜 숨어 있나.

보고 싶은 사람들이 많았다. 함께 일했던 스태프들과 배우들이 자주 떠올랐다. 그런데 그들은 모두 이미 다른 영화로 떠났고, 바쁜 그들에게 지나간 영화의 연출자가 쓸데없이 연락해서 방해할 마음이 생기지 않았다. 그렇다. 그때 나는 좀 이상했다. 영화를 다시 볼 마음은 생기지 않아서, 엔딩 크레디트 작업을 위해 만들어둔 스태프와 배우 리스트, 그리고 도와준 사람들이 적혀 있는 엑셀 파일을 종종 열어보았다. 그래, 지금은 아니지만 다음에 준비가 되면 꼭 다시 만나야지, 함께 일하자고 해야지. 잠깐 나를 일으켰다 다시 눕혔다.

동거인의 권유로, 알 수 없는 불안이 덮쳐올 때 나를 그렇게 만드는 생각들을 적어보기 시작했다. 적고 보니 무척 간단했다. 코로나와 관련된 이야기에서 왜 인간이 태어나 지구를 망치며 힘든 인생을 살아가야 하는가까지 가는 데는 몇 단계가 필요치 않았다. 근거 없는 생각이 널을 뛰면서 나의 마음을 꽉 쥐고 있는 것이 보였다. 흠, 그렇구나, 나는 지금 평소와 다르구나.

　나는 늘 해오던 대로 책을 빌렸다. 도서관 입구에 있는 책 살균기에 평소보다 긴 시간 동안 책을 넣었다가 집으로 가져왔다. 전염병에 대한 책, 불안에 대한 책, 그리고 여행에 대한 책. 일단 전염병에 대한 책은, 이것이 매우 불행하고 괴로운 일이지만 인류에게 처음 일어난 일은 아니라는 것, 우리가 처음 겪을 뿐이라는 것, 인간은 전염병 앞에 매우 무력해 보이지만 사실은 그 어느 때보다 인류애를 발휘할 수 있다는 것을 알려주었다. 불안에 대한 책은 나를 더 복잡하게 만들었다. 많은 사람들이 남들은 알아챌 수 없는 이유로 불편하고 어려운 마음을 다루며 살아가고 있었다. 나는 좀 더 능란하게 불안을 잘 숨기는 편에 속하는 것 같았다. 더 읽어보는 수밖에 없었다. 마지막으로 여행에 대한 책을 읽었다. 전에는 여행서를 그렇게 좋아하지 않았다. 글의 편차도 크고, 그냥 내가 가보면 되지, 했던 것 같다. 그런데 이번엔 열심히 고른 덕분인지, 아니면 지금 할 수 없는 일이라는 생각 때문이었는지 즐겁게 읽었다.

그 책들을 다 읽고 나자 다시 내가 혼자 남았다.

정말 바깥은 위험한가. 나의 바깥은 어디이고 나는 왜 안과 밖을 구분하는 선을 그었으며 그것이 계속 좁아지는 것을 왜 그냥 두는가. 언제까지 이럴 수 있을까.

그맘때쯤 영화제에서 연락이 왔다. 외국에서 열리는 영화제는 직접 갈 수 없으니 초청해주어 감사하다는 인사 영상을 찍어 보냈다. 카메라 앞에 서서 내 영화를 볼 사람들을 상상하니 어색함이 더해져 몸이 자꾸 굳었다. 국내 영화제에서는 코로나 상황에 따라서 짧게나마 관객들을 만날 수 있다고 했다.

밖으로 전혀 나갈 수 없는 마음이었는데 영화제에는 다 가겠다고 했다. 관객들을 실제로 만날 수 있다니 마음이 이상했다. 영화는 많은 사람들이 함께 만들지만 감독인 내가 반드시 책임져야 하는 부분이 있다. 만드는 과정에서 운이 좋다고 할 만한 일도, 감사한 일도 많았는데 나는 정말 그 책임을 제대로 졌는가, 그래서 다음을 이야기할 자격이 있는가, 그걸 내가 어떻게 알 수 있을까. 사람들을 만나면 알 수 있을까, 그래도 그냥 내 멋대로 생각하며 계속 숨을 수는 없지 않나. 단순히 내 영화를 싫어하는 사람을 만나기 싫다는 마음과는 많이 다른데 잘 설명하기가 어렵다.

고백컨대 책이라는 것을 위해 글을 쓰기 시작할 때부터 나의 이런 상태에 대해 쓰고 싶으면서도 정말 쓰고 싶지 않았다. 근사한 것을 만드는 근사한 사람으로 포장해서 리본까지 묶어버릴 수 있으면 참 좋을 텐데, 그건 거짓말인 데다 에너지가 너무 많이 드는 헛된 일이다. 여전히 나는 불안하고 그걸 제법 잘 숨기면서 살고 있다.

그때의 코로나는 여전히 우리 생활 안에 머물러 있지만 나는 그때보다 조금씩 바깥으로 나가고 있다. 아직 하

고 싶은 이야기가 있고 그걸 진짜로 근사하게 만들어보
고 싶은 마음이 나의 불안보다는 기운이 센 모양이다.

　신이여, 우리를 현실과 불안의 위험에서 보호하소서.
　내 마음이 나의 세계를 좁히지 않게 하소서.

다음으로 가는 마음

내가 사는 아파트 단지 관리사무소에서 작년 말부터 '단지 주위로 울타리를 쳐서 입주민만 통행할 수 있게 하는 안건'을 가지고 투표를 진행하고 있다. 첫 투표 때 참여율이 낮아 부결되었는데 올해 다시 투표를 해서 기어이 울타리를 치려는 모양이다.

평소 강아지를 데리고 동네 여기저기를 돌아다니는 나는 근처 아파트들에서 보안을 이유로 울타리를 치는 일이 유행처럼 퍼지는 것을 봐왔다.

앞에서도 썼듯이 나는 바깥을 좀 두려워하던 터라 울타리를 치고 싶은 그 마음을 알 것도 같다. 그러나 그 울타리가 우리를 정말 더 안전하게 할 수 있을까. 최근엔 경비 인력을 줄이고 기계로 보안을 대체하는 경향이라는 건 알지만 사람보다 CCTV와 울타리가 과연 더 안전하게 지켜줄까, 의문이 든다.

게다가 이 동네는 어린이를 키우는 젊은 가구도 많지만 60대 이상의 노령 인구도 많은 편이라 새로운 보안 장치에 대한 친절하고 섬세한 안내가 없으면 곤혹스러운 순간을 경험하는 사람들도 많을 텐데 과연 그런 걸 다 고려한 결정인지 의심스럽다. 살다 보면 차차 적응하겠지만 누군가에게 집으로 가는 길이 어려워지는 경험이 꼭 필요할까.

아파트에 딸려 있는 공간들, 그 안의 모든 것이 입주민만의 것이라고 할 수 있는가. 어떤 길을, 어떤 언덕을 누군가의 소유로 묶어두는 것은 어쩔 수 없는 일인가. 내가 살고 있는 곳 근처 사람들과의 교류를 최소한으로 줄이는 것이 안전을 위한 결정인가. 그 안전은 다른 나머지

가치보다 정말 더 중요한가.

울타리는 '우리'를 보호하기 위한 것이지만 동시에 '우리' 외에는 누구도 들이지 않겠다는 의지를 더 크게 보여주면서, 결국 아무도 환영하지 않는 공간을 만드는 것은 아닐까. 안전하다는 착각은 우리를 어디로 데려갈까. 찜찜한 마음에 여러 생각이 들었다.

그리고 생각하면 할수록 이 상황과 나 자신이 조금 겹쳐 보였다.

나는 원래도 새로운 사람들을 만나는 것을 잘하지 못한다. 그래도 20대에는 내가 누구인지 궁금해서 밖으로 나가 사람들을 만났고 여러 가지 실수를 하고 괴로워하는 일도 많았다. 그때는 또래들도 비슷한 것 같아서 괜찮았는데 나이가 들면서는 행동을 더 조심해야겠다는 마음이 더 커졌다. 어색함을 이기려고 아무 말이나 떠들고 온 것 같은 기분도 싫고 무뚝뚝한 첫인상을 주는 것도 싫어서 낯선 자리에 가는 일을 일찌감치 피하기도 하고 어색한 자리에 오래 머물지 않을 핑계도 잘 찾는다.

팬데믹 기간에 친구들조차 편하게 만나지 못했던 경험들이 쌓이면서, 그렇게 지내는 것이 답답한 사람들도 있지만 그렇게 살아도 큰 문제가 없다는 걸 확인한 사람도 있을 것이다. 누군가를 만나서 나를 설명하고 생각을 전하고 감정을 표현하는 일들은 어쨌든 에너지가 든다. 가만히 있으면 편하니까, 복잡하고 많은 일들은 나를 피곤하게 하니까.

그러다 보니 누군가와 서로 다름을 확인하고 의견을 교환하는 일도 자연히 적어졌다. 나와 비슷한 생각을 하는 사람들과만 만나는 것은 괜찮은가. 불안하고 어색한 상태를 피하며 고만고만한 새로움만 취하면서 익숙하고 편한 상태를 유지하는 것은 나에게 정말 좋은 일일까.

결국 나는 나 자신을 고정시켜버린 것은 아닌가.

돌아보면 지난 시간 내가 생각지도 않았던 새로운 공

간에서 뜻밖의 사람들과 인연이 되어 좋은 경험을 한 일도 많았다. 내 생각과 행동이 바뀐 결정적인 일들은 편한 자리, 익숙한 시간에서만 일어나지는 않았다.

'도전' 같은 단어로 굳이 포장하지 않더라도 나의 한계는 무언가와 부딪혔을 때 드러나고, 그 경계를 아는 것만으로도 이전과는 다른 방식을 떠올려볼 수 있다. 새로운 자극은 나의 인생에도, 직업적으로도 몹시 필요한 일이라는 걸 잘 알고 있으면서 실제로는 슬그머니 도망치며 살고 있지는 않은가.

이렇게 당연한 이야기를 지금 다시 하는 이유는 내가 40대가 되어서다. 나 자신에 대해 좀 더 잘 알게 되었기 때문에 좀 더 편한 방식을 선택하는 일도 쉬워졌다. 아무 일도 일어나지 않게 하는 일이 더 간단해졌다.

자기 연민과 합리화는 점점 더 속도가 빨라지고, 내가 별로인 사실을 남들에게 들키지 않는 것은 물론 나 자신을 속이기 위한 거짓말도 능란해진다.

내가 가지고 싶지 않은 것조차 정말 갖고 싶지 않은지,

여우의 신포도처럼 가질 수 없을 것 같아 원하지 않는다고 하는 건 아닌지, 괜찮다고 말하는 나의 상황이 자기연민으로 포장되어 있는 건 아닌지, 자기 합리화로 나를 변호하고 있는지 잘 들여다보아야 한다.

이제는 잘못된 선택을 해도 바른말을 해주는 사람이 드물다. 이미 우리 모두 성인이고 자신의 인생은 스스로 책임지며, 각자의 상황은 자기 자신이 가장 잘 안다는 전제가 있다.

가까운 누군가가 내 인생에 관심을 보이며 쓴소리를 해준다면, 혹은 나 자신이 스스로 알아낼 수 있다면 그것은 큰 행운이다. 나는 그것을 사랑이라고 생각하는데 사실 사랑만이 모든 것을 바꾼다. 사랑이라는 말이 과하다면 관심 정도로 바꾸어도 좋다.

말이 흔해서 그렇지, 사랑이건 관심이건 그리 간단하지 않다. 자기 자신을 제대로 사랑하는 것조차 쉽지 않다.

사랑하는 것은 분명했으나 게으르게 사랑해서 놓쳐버

린 것, 잃어버린 것은 얼마나 많은가.

못난 나를 견디는 것은 나이가 들어도 여전히 어렵다. 아니 점점 더 어려워지는 것 같다. 견디지 못해서 합리화를 하고 어쩔 수 없다고 생각해버린다. 오만한 생각과 얄팍한 실수와 잘못된 행동을 한 나를 똑바로 보는 것, 반성하고 수습하는 것, 반복하지 않기 위해 애쓰는 것, 그 시간 동안 조금씩 나아질 것을 기대하며 나를 기다려주는 것이 자신을 제대로 사랑하는 것이다.

보통 이 과정은 혼자 머릿속으로만 할 수 없다. 누군가와 만나 이야기하고 행동으로 섞이고 깨지면서 일어나는 일이다. 나를 울타리 안에 가두어서는, 아무 일도 일어나지 않는 곳에 편하게 두어서는 불가능하다. 안전하다는 착각으로는 나를 '진짜' 살아가게 할 수 없다.

만약 엉망진창인 나 자신이 조금 나아지는 것을 기다려줄 수 있다면, 남에게도 그럴 수 있다.

인간이 얼마나 복잡한 존재인지, 인생이 얼마나 이상

한지 경험하고 그 결과를 감당하는 과정은 마찬가지로 복잡하고 이상하겠지만, 즐겁고 슬프고 괴로운 가운데 어쨌든 그 시간은 우리를 지나갈 것이다. 그리고 그때 나의 태도는, 나를 제대로 사랑하겠다는 의지는, 지나가는 것들 속에서 기억할 만한 것들을 남길 것이다. 아무 일도 일어나지 않는다는 것은 사실 아무 일도 기억할 게 없다는 것인지도 모른다. 알 수 없는 인생은 두려우나 나의 인생에서 일어나는 일들을 감당하겠다는 마음이 필요하다. 그리고 그때 누군가와 이어져 있다는 생각은 그 무엇보다 큰 도움이 될 것이다. 아무도 들어올 수 없는 울타리 안에서 구경만 해서는 어려운 일이다.

봄이 온다. 추위를 많이 타는 나는 날이 조금 따뜻해진다는 생각만으로도 봄이 기다려진다.

그러나 봄이라고 즐거운 일만 있을 리가 없다. 봄맞이는 자잘한 그러나 꼭 해야 하는 일들로 넘쳐난다. 두꺼운 겨울 옷과 강아지 방한 용품까지 세탁하고 잘 말려서 보관해두어야 다음 겨울을 맞기 좋을 것이다. 베란다 청소를 하고 거실로 들여놓았던 화분도 다시 옮겨놓아야 한다. 작년 한 해 잘 자란 식물들의 분갈이도 기다리고 있다. 이 모든 게 때론 귀찮기만 한 일처럼 느껴진다.

그러나 매일매일의 작고 하찮은 일들이 결국 하루를 만들고, 계절을 만들고, 1년을 만든다. 그리고 그 시간을 지나며 조금씩, 다음으로 가는 마음을 만들어가는 것이다.

울타리 밖으로 나가서 맞이할 다음을 그려보는 것이다.

내 마음이 나의 세계를
좁히지 않게 하소서.

에필로그

글을 쓰는 건 멈출 수 없지만 그걸 남에게 보여주는 일은 늘 어렵다. 어쩌면 싫다, 로도 해석될 수 있는 그 마음은 (못난 나의 글을 차치하고) 누군가가 그 글을 슬쩍 읽고 나를 평가하는 것이 싫기 때문이고 혹시 그 평가가 틀리지 않았을 때 입을 상처를 피하고 싶기 때문이다. 그러나 내가 어떤 지점에서 모자라는지 혹은 잘못되었는지는 쓰기 전에는 알 수 없다. 써서 그걸 확인하는 일은 조금 괴로운 구석이 있으나 그래도 '모른다'는 답답한 상황보다는 낫다고 생각한다. 당연히 누군가에게 읽히고 나면 나와 내 글에 대해 더 많이 알게 된다. 그러나 동시에 내가 별로라는 것을 최대한 오래 들키지 않고 싶다는 욕망은 오랜 시간 나를 괴롭혀왔다.

그것은 영화를 만들려고 하는 시도가 계속 늦어지면서 비롯되었는지 모르겠다. 1년이 늦어지면 늦어진 시간만큼 더 나은 대본이 되기를, 3년이라면 3년치 더 나은 영화를 만들 수 있기를 기대하지만 그럴 리가 없다는 자각 정도는 가지고 있었다. 그래서 있는 그대로 내보이는 것에 움츠러들 때가 많았다. 시간이 흘러 어느 시점이 지나고서는 그런 생각조차 의미 없다는 것을 받아들이게 되었다. 그냥 지금 최선을 다해 만드는 것이지 더 나은 것, 더 좋은 것은 없다. 글도 비슷하다. 책을 쓰기로 한 것도 더 숨겨봐야 나아지지 않는다는 사실을 받아들이게 되었기 때문이다.

그럼에도 나는 행간에서, 문장 속에서 나의 못난 마음을 들키지 않으려고 애썼다. 알아챈 사람들도 있을 것이고 모르는 척 눈 감아주는 사람도 있을 것이다. 사실이야 어떻든 좋은 사람이고 싶은 마음은 인간에겐 당연한 욕망일지도 모르겠다.

그러나 무언가를 만드는 사람으로서 가장 경계할 점이기도 하다. 좋은 마음이라는 오만함.

누구도 소외시키지 않는 영화를 만들고 싶다고 생각한다. 그러나 그것이 얼마나 오만한 생각인지, 그저 재미있게 만들면 그만인 것을 분수를 모르는 욕심은 아닌지 겁이 나기도 한다. 그래도 그 마음을 숨기지 않고 여기에 글로 남기는 이유는 이룰 수 없다고 해도 내 마음에 없는 것은 아니기 때문이다. 그저 바라기만 하는 것이 아니라, 불가능해 보이더라도 그 방향으로 내가 갈 수 있게는 해주지 않을까, 적어놓은 마음에는 힘이 생기지 않을까 하는 바람 때문이다. 나라는 인간이 했다는 경험이야 좁디좁은 것이고 앞으로 나의 배경과 계급을 뛰어넘는 무언가를 할 수 있을지도 잘 모르겠다. 다행히 영화는 혼자 만들지 않기 때문에 매일 더 다양한 사람들을 만나 부딪

히고 깨지면서 조금 더 발전한 무언가를 만들기를 기대한다.

영화 〈내가 죽던 날〉은 아무 관계도 없는 사람들이 서로에게 영향을 주는 이야기이다. 만들고 나서 보니 어쩌면 영화라는 존재 자체가 관계없는 사람들에게 닿기 위해 애쓰는 바로 그런 행위인지도 모르겠다고, 그래서 어쩌면 나는 영화에 대한 오랜 짝사랑을 고백한 것은 아닐까 생각했다.

나의 글도 누군가에게 닿기를 바라며 썼다. 부디 알맞은 때에 알맞은 사람들에게 읽히는 동안 그런대로 쓰임새가 있기를 조용히 바라본다. 늘 빛나는 그림을 그려준 친구 박은현 작가와 더 나은 글을 위해 함께 애써준 정유선 대표에게도 감사를 보낸다.

다음으로 가는 마음

1판 1쇄 인쇄 2023년 4월 17일
1판 1쇄 발행 2023년 4월 25일

지은이 박지완

펴낸이 정유선
편집 손미선 정유선
디자인 송윤형
그림 박은현
제작 제이오

펴낸곳 유선사
등록 제2022-000031호
주소 서울시 서초구 강남대로 479 B1층 144호

ISBN 979-11-978520-2-2 (03810)

문의 yuseonsa_01@naver.com
instagram.com/yuseon_sa